とんでもスキルで異世界放浪メシ

10 ビーフカツ×盗賊王の宝

江口 連
author • Ren Eguchi
イラスト • 雅
illustration • Masa

ムコーダ

俺と同じくこの世界にやって来た
日本人が書いた本。
どんなことが書かれているのだろう？
フェル

『むこーだのおにいちゃんは
おいしいものをいっぱいたべさせてくれるから
ろってはだいすきです。』
タバサ
ジッポン学習ノート
日記帳
ロッテ

とんでもスキルで異世界放浪メシ

10

ビーフカツ
×
盗賊王の宝

江口 連
author・Ren Eguchi
イラスト・雅
illustration・Masa

前回までのあらすじ

胡散臭い王国の「勇者召喚」に巻き込まれ、剣と魔法の異世界へと来てしまった
現代日本のサラリーマン・向田剛志（ムコーダ）。
どうにか王城を出奔して旅に出るムコーダだったが、
固有スキル『ネットスーパー』で取り寄せる商品やムコーダの料理を狙い、
「伝説の魔獣」に「女神」といったとんでもない奴らが集まってきては
従魔になったり加護を与えたりしてくるのだった。
創造神・デミウルゴス様から神託を受け、
ある洞窟を訪れたムコーダ一行。
数々の罠を潜り抜けた先には、
伝説の「盗賊王」の宝が眠っていた！
そしてムコーダはその宝の中で、
「ありえない文字」が書かれた石板を見つけ……!?

固有スキル
『ネットスーパー』

いつでもどこでも、現代日本の商品を購入できるムコーダの固有スキル。購入した食材にはステータスアップ効果がある。

人物紹介

ムコーダ一行

ドラちゃん

従　魔

世にも珍しいピクシードラゴン。小さいけれど成竜。やはりムコーダの料理目当てで従魔となる。

スイ

従　魔

生まれたばかりのスライム。ごはんをくれたムコーダに懐いて従魔となる。かわいい。

フェル

従　魔

伝説の魔獣・フェンリル。ムコーダの作る異世界の料理目当てに契約を迫り従魔となる。野菜は嫌い。

ムコーダ

人　間

現代日本から召喚されたサラリーマン。固有スキル『ネットスーパー』を持つ。料理が得意。へたれ。

神　界

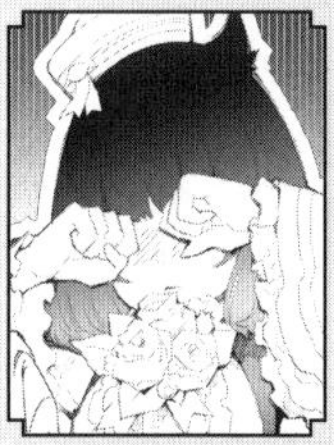

ルサールカ

神　様

水の女神。お供え目当てでムコーダの従魔・スイに加護を与える。異世界の食べ物が大好き。

キシャール

神　様

土の女神。お供え目当てでムコーダに加護を与える。異世界の美容品の効果に魅せられる。

アグニ

神　様

火の女神。お供え目当てでムコーダに加護を与える。異世界のお酒、特にビールがお気に入り。

ニンリル

神　様

風の女神。お供え目当てでムコーダに加護を与える。異世界の甘味、特にどら焼きに目が無い。

◀ 進む

もくじ

8 × 章

1 × 閑話

1 × 番外

◀ 進む

第一章　謎の石板

アイテムボックスにしまおうとしていた石板を凝視する。

「何で日本語が……」

その石板には、複雑な魔法陣に象形文字のような文字が書かれていた。

そして、その中心には……。

「転移の、魔道具？」

わざわざ日本語で書かれていた文字。

それを日本語でつぶやくと、ゴトッと音を立てて石板の右側の仕掛け扉が開いた。

「何だ？」

中を覗《のぞ》くと、古めかしい1冊の本が入っていた。

本を取り出して表紙を開いてみると、そこも日本語で書かれていた。

〝この本を手にしているということは、君は日本人なのだろう。

この石板は読んで字の如《ごと》し、転移の魔道具だ。

ちなみに僕の渾身《こんしん》の力作さ。

悪用されるのは嫌だけど、思い出の品でもあるしさすがに壊すのは忍びなくてね。

同胞の手にゆだねることにしたよ。

いろいろと疑問はあるだろうけど、使い方も含めてこの本に記してあるから有効に活用して欲しい。〟


「……これを作ったのは日本人ってことか。ということは、俺と同じで勇者召喚の儀式でこの世界に召喚された日本人？」

まぁ、俺は巻き込まれただけだけど、勇者召喚の儀式でこの世界に来たのは間違いない。

それにだ、確かレイセヘル王国の豚王が「古《いにしえ》の儀式である勇者召喚の儀を行った」とか言っていたな。

ということは……。

「前にも勇者召喚の儀式は行われたってことだ」

俺を含めた4人の日本人よりももっと前にこの世界へとやって来た人か。

興味を惹《ひ》かれて本を開こうとすると、フェルの声が。

『おい、こっちはもう終わるぞ。そっちはどうなのだ？』

ドキッとしながら、急いで本と石板をアイテムボックスへとしまった。

何故《なぜ》かはわからないけど、フェルにはまだ知られてはいけないような気がしたからだ。

これはあとでゆっくり読ませてもらうとしよう。

「あ、あーっと、もうちょっとかな。ちょっとだけ待って」

俺は急いで魔道具や宝をアイテムボックスへとしまっていった。

「終わったぞ」

魔道具をしまい終わってフェル達《たち》と合流した。

『これを』

宝を回収したマジックバッグをフェルから受け取る。

「ドラちゃんとスイは何を見てるんだ？」

何故かドラちゃんとスイが熱心に足元を見ていた。

『お主も見てみるといい。宝の山の下から面白いものが出てきた。今ではダンジョン以外で見かけるのは珍しいぞ』

「面白いもの？……って、何だこれは？」

ドラちゃんとスイが熱心に見ていたのは、何かの魔法陣だった。

大分時が経《た》ったことで薄れてはいるが、はっきりと文様は見て取れた。

「何の魔法陣だ？」

『おそらく転移の魔法陣だろうな』

フェルの話によると、今になっては聞かないが数百年前までは短距離ではあるけど転移の魔法陣を解する者がいたという。

もちろん、転移に関する複雑な魔法陣を理解して描ける者となると数は少なかったようだが。

フェルが言うには、盗賊王がそういう者を攫《さら》ってきて描かせたのではないかということだった。

冒険者ギルドでも転移の魔道具を使ってるって話を思い出して、その話をしたら『人や大きなものは運べるのか？』と逆に聞き返された。

確か冒険者ギルドの転移の魔道具は手紙を送るくらいだって聞いた気がする。

今ではそれぐらいがせいぜいということなのかもしれないな。

フェルによると、人やもの、転移させるものが大きくなればなるほど、そして転移する距離も長くなればなるほど使われる魔法陣は複雑で難解になるそうだし。

ここに描かれている魔法陣も見れば確かに複雑難解だ。

『これだけの量の宝を、我らがたどってきた道程で運ぶのは無理だろうからな』

確かにフェルの言うとおりだ。

魔道具の中にマジックバッグも3つほどあるにはあったけど、さすがに全部が特大ということはないだろう。

それを考えると、3つのマジックバッグでこの山のような大量の宝を1度で運べるとは思えない。

俺たち一行はみんなのおかげというか、フェルがいたから俺も洞窟まで何とかたどり着けたけど、普通なら死んでいてもおかしくはない厳しい道程だ。

あの命がけの道程を、何度も行き来したとは考えられないよな。

それに加えて、洞窟の中は罠《わな》だらけ。

罠を仕掛けた側にしても、これを避けたうえで命がけの道程を何度もなんて、どだい無理な話だろう。

『よし、これを使うぞ』

「使うぞって、フェル、これの行き先分かるのか？」

『分からん』

分からんってそんな堂々と言われても。

「どこに転移するか分からないのに使うって怖いだろ」

『そうは言うが、この魔法陣も短距離の転移となるだろう。せいぜいが山の麓のどこかだと思うぞ』

「山の麓なのはいいけど、場所が分からないのはちょっとなぁ」

山の麓って言ったら、あれがいるだろうが。

ブラックバブーンがさ。

あれの近くにいきなり転移するってのは嫌なんだけど。

『ごちゃごちゃとうるさいのう。転移が嫌だと言うなら、来た道を戻るしかないのだぞ。それでいいのか？　我はどっちでもいいぞ』

そうフェルに言われて考える。

転移しないで帰るなら、確かに来た道を戻るしかない。

それ以外に方法はなさそうだし。

来た道を戻るってことはあの絶壁を降りて急斜面を下る……。

想像しただけで鳥肌がたった。

無理無理無理無理、絶対に無理。

そうなるとフェルの言うとおり、この転移の魔法陣を使った方がいいのかな。

「分かったよ。この魔法陣を使って戻ろう。でも、転移先が山の麓だとしたら、あれ、ブラックバブーンがいるかもしれないぞ」

『フン、我とドラとスイがいるのだ。彼奴《あやつ》ら程度何とでもなるわ。そうだろう？　ドラ、スイ』

『当然だな』

『また戦うのー？　スイがやっつけちゃうから大丈夫だよー』

この面々なら大丈夫か。

でも、俺は大丈夫じゃないから……。

「掛けてもらった結界ってまだ効いてるんだよな？」

『お主は心配性だな。まだ大丈夫だ。安心しろ』

命あってのものだねだからね。

それじゃなくてもこの世界は危ないことが多いんだから、ちょっと心配性なくらいの方がちょうどいいんだよ。

『我が魔力を込めるゆえ、みな魔法陣の上へ乗れ』

フェルにそう言われて、みんなして魔法陣の上に移動する。

『それでは行くぞ』

そう言うと同時に魔力を込めるフェル。

魔法陣が光り出して、一瞬浮遊感が襲った。

光が収まると、既に俺たちは森の中にいた。

そして……。

「これは、ちょっとというか、かなりマズイんじゃないのか？」

『うむ。どうやらブラックバブーンの住処《すみか》に転移してしまったようだな』

『ハハハッ、さっきよりも多くいらぁ』

『わぁ～、いーっぱいいるねぇ～』

俺たちの周りはブラックバブーンだらけだった。

行きがけに出会ったブラックバブーンの群れよりもさらに数が多い。

「ヴォッ、ヴォッ、ヴォーッ」

「ギャアーッ、ギャッ、ギャッ」

「ヴォッ、ヴォーッ」

ブラックバブーンは、突然自分たちの住処に現れた異物である俺たちを排除しようと襲い掛かる。

「うわぁぁぁっ、ど、どうすんだよーっ？」

『フン、当然なぎ倒して進むに決まっている。行きと同じだ。乗れ』

フェルの背中に飛び乗ると、宣言どおりフェルが爪斬撃《そうざんげき》を放ちブラックバブーンをなぎ倒していく。

『ドラッ、スイッ、後衛は頼んだぞ！』

『おうよ！　任せとけ！』

『スイ、またいっぱい倒すよー！』

「うぉぉぉぉぉぉぉっ」

フェルは俺を乗せて再び木々の間を猛スピードで駆け抜けていった。

◇　◇　◇　◇

『アホザルどもが追ってこねぇな。縄張りを出たか？』

『うむ、そのようだな』

『えー、もう終わりなのー？』

「はぁ、ようやく出たか」

フェルにしがみ付いていた腕を緩めホッと一息ついた。

『むぅ、もっと倒したかったー』

「何言ってんのスイー。めちゃくちゃいっぱい倒してたじゃないか」

スイの酸弾を食らって、ブラックバブーンは死屍累々《ししるいるい》だったぞ。

『えへへー、そうかなぁ。でも、スイもっとがんばれるよー』

「そっか。でも今日は終わりだよ。また魔物が襲ってきたら倒してな。頼りにしてるからさ」

『うん、分かったー』

スイ、本当に何でこんなに戦闘好きになっちゃったんだろね？

やっぱり一緒にいる誰かさんの影響なのか？

弱肉強食の頂点にいるような存在が傍《そば》にいるのは、生まれたばっかりのスイの教育には良くなかった気がするよ。

しかも、そのあとにこれまた強い仲間もできたしね。

強い味方がいてくれるのは心強いけど、スイにはもっとほのぼの育ってもらいたかったなぁ。

なんとも言えない気持ちからか、フェルとドラちゃんに目が行く。

『む、何だ？』

『何だよ？』

「……いや、何でもない」

今更何言ってもしょうがないか。

フェルやドラちゃんに文句言っても『強くて何が悪い』って言われそうだし。

一般人に手を出さないお利口さんに育ってくれただけで良かったってことかもな。

「それにしても、金貨に宝石、魔道具とお宝がたくさん手に入ったな」

『うむ。宝は我らの飯の種になるのだろう？　これだけあれば、また美味《うま》いものが食えるな。よろしく頼むぞ』

『ホントだぜ。あ、プリンも大盤振る舞いで頼むぜ！』

『ケーキー！』

「はいはい、分かったよ」

うちのみんなはホント食い気が一番だな。

『しかし、あの洞窟の罠の多さには辟易《へきえき》したが、我が今まで出会ったことのなかった罠もあったのはいい経験になった。さすが神様も粋なことをなさる』

『ホントだな。ダンジョンじゃないから魔物はいなかったけど、あんだけの罠はなかなか経験できるもんじゃないぜ』

『楽しかったー！』

フェルもドラちゃんもスイもあの洞窟について何でもないように話してるけど、普通は中で死んでるからね。

俺はこんなとこ二度とごめんだよ。

それにな、神様も粋なことをなさるって、デミウルゴス様としちゃお宝をお供えのお礼にってことだと思うぞ。

………そうですよね？

罠三昧の洞窟がいい経験になるからとかじゃないですよね？

信じていますからね、デミウルゴス様っ。

『おい、腹が減ったぞ』

『俺も腹減ったー』

『スイもお腹《なか》減ったよー』

「何だかんだで、今日は昼飯食う暇なかったからなぁ。とりあえず街道に戻ってから飯にしよう」

◇　◇　◇　◇　◇

街道に戻ると、辺りは薄暗くなっていた。

その脇の空き地で夕飯にして、今晩はそこで野営することに。

夕飯はドラちゃんの温まる食い物というリクエストにより、再び鍋にすることにした。

鍋はいいけど何の鍋にしようかと迷っていたところ、フェルの『久しぶりに亀が食いたいぞ』との鶴の一声でエイヴリングのダンジョン産のビッグバイトタートルの肉ですっぽん鍋に。

フェル、ドラちゃん、スイとともにすっぽん鍋をたらふく食って、〆《しめ》の雑炊まで堪能した。

「久しぶりのすっぽん鍋、美味かったな」

『うむ。肉が一番ではあるが、亀も悪くない』

『亀の肉もウメェけど、最後の〆の雑炊ってやつが美味いよな』

『美味《おい》しかったー』

「あ、そうだ、まだ腹に余裕あるか？」

『む、何かまだあるのか？』

「いや、ほら、プリンとかケーキって言ってたじゃん」

『プリンか!?　プリンなら別腹だぞ！　早くくれ！』

『あるじー、ケーキちょうだーい！』

「ハハハ、分かった分かった。フェルも食うだろ？」

『当然だ』

みんなの期待にこたえて不三家のメニューを開いた。

「今日の成果はみんなのおかげでもあるから、フェルとスイには大きいケーキな。ドラちゃんにはプリンいっぱいだ」

そう言うと、みんな嬉《うれ》しそうだ。

フェルはすまし顔だが尻尾をファッサファッサ揺らしてるし、ドラちゃんは『よっしゃ!』と言って短い腕を上に振り上げている。

スイは『うわぁーい!』と高速でポンポン飛び跳ねている。

「じゃ、ちょっと待っててな」

フェルには好物のイチゴのショートケーキをホールで。

プリン好きのドラちゃんには、イチゴのプリンサンデーにバナナのプリンサンデー、それからカスタードプリンを5個。

チョコ好きのスイには、チョコレートのスポンジにたっぷりのチョコレートクリームがサンドされた上にフルーツがたくさん飾られたチョコレートケーキをホールで。

「どうぞ」

みんなの前にそれぞれ出してやった。

『うむ、うむ。やはりこのケーキは美味いな』

生クリームを口の回りにつけながらフェルが美味そうにパクついた。

『カーッ、やっぱりプリンはウメェなぁ』

何かオヤジくさい口ぶりでしみじみとそう言うドラちゃん。

『チョコのケーキ美味しいなー』

大好きなチョコレートケーキを食えてご機嫌なスイ。

俺はというと、ちょっぴり贅沢《ぜいたく》にネットスーパーで買ったブルーマウンテンのドリップバッグのコーヒーを飲みながらみんなが美味そうにケーキやプリンを食うのを眺めていた。


土魔法で作った箱型の家の中――。

底冷えする中、専用の布団に寝そべるフェルに暖を求めてぴったりと寄り添って眠るドラちゃんとスイ。

フェルもドラちゃんもスイもぐっすり眠っている。

モフモフの毛のフェルに寄り添って寝るのは実に暖かそうではあるが、俺にはやらねばならないことがあった。

明かりが漏れないよう自分の布団の中に潜り、ランタン型のＬＥＤライトを点《つ》けた。

そして、アイテムボックスから取り出したのは盗賊王のお宝の中にあった転移の魔道具に隠されていた本だ。

俺と同じくこの世界にやって来た日本人が書いたものだ。

どんなことが書かれているのかすごく気になる。

転移の魔道具の使い方も書かれているらしいが、他には何が書かれているのだろうか？

ゴクリ――。

俺は、ＬＥＤの淡い光を頼りに古びた本のページをめくった。

第二章　賢者の自叙伝

目を凝らして本を読みすすめていくと、中身は自叙伝のようなものだった。

この本を書いた人物は、松本和希《まつもとかずき》という日本人男性だ。

俺と同じく勇者召喚の儀式によってこの世界へと召喚されたという。

２０１４年、大学生だった和希はバイトに向かう途中に当時のアスタフィエフ王国に召喚されたそう。

召喚された者は和希の他にも２人いて、そのときの状況も書かれていたけど、アスタフィエフ王国側への第一印象は良くなかったようだ。

成金染みた派手な衣装に身を包んだ王と后《きさき》にキツイ印象の姫様、身なりはいいが人を見下したような目つきの中年男性数人がいて、鎧《よろい》姿の兵士が和希たちを取り囲んでいたらしいからな。

一瞬にして居場所が変わったその状況を無類のラノベ好きだった和希はすぐに理解したようで、そのときの気持ちが
〝異世界召喚キタ――――m9(゜∀゜)――――!!〟

と書いてあった。

しかし、その直後の王族はじめ国の中枢の立場にあるはずの者たちの言動からピンときたようだ。

曰《いわ》く、非道な隣国がこの国に攻めてきたことで民たちは飢えに苦しみ疲弊し、この国は滅亡寸前となっている云々《うんぬん》……、で「勇者様どうかお助けください！」ということだったらしいのだが、これが説得力がまったくと言っていいほどなかったみたいだ。

そのときの和希の気持ちとして、〝国が滅亡寸前とか言ってる割に全然悲壮感がないんだよね。しかもだよ、そういう状況なのに無駄に豪華な衣装着てるってどういうこと？　あり得ないでしょ。こいつ等《ら》バカなの？　異世界はワクテカだけど、ラノベにもありがちな展開の使い潰される哀れな勇者になるのはゴメン被るよ〟と書いてあった。

攻め手が隣国か魔族かの違いだけで、ほぼ俺のときと同じだ。

本当に国民のことを思いやっている王ならば、国民が苦しんでいるときに無駄に豪華な衣装なんて着ないよな、普通。

ボロを着ろとは言わないけど、時と場合ってものを考えると思うんだよ。

そういうところに傲慢なところが透けて見えるんだよね。

俺のときもそうだったけど、昔からこういうことをするのはろくでもない国だと相場が決まっているらしい。

とにかく和希は使い潰されてはたまらないと、ラノベの知識を総動員してことに当たったようだ。

まずは、国側に自分のステータスを確認される前に自分のステータスを確認。

職業はなんと賢者。

スキルは火魔法・水魔法・風魔法・土魔法・氷魔法・雷魔法・回復魔法・聖魔法・神聖魔法と全魔法の適性があって、固有スキルに魔法の深遠というのがあったよう。

この魔法の深遠というのは、魔法に関係することへの理解力が高まるスキルらしい。

普通の人なら何年も修行しないと使えない高度な魔法や魔道具の作製とか魔法陣とかの本来師匠の下で長い期間をかけて勉強するようなことでも、ちょろっと勉強するだけで使えるようになるのだという。

そして魔力も最初から相当にあったみたいだ。

和希の職業は勇者ではないが賢者であり、スキルや魔力量からみてもかなりの魔法が使えることは間違いなかった。

これを知られれば、勇者と同じように使い潰されるのは明白だった。

とにかく自分のステータスを隠蔽して書き換えできないかと試してみたところ、あっさりできてしまったそうだ。

職業欄は異世界の学生にし、スキルはなしにして魔力も96だった体力より少し下の88とした。

一緒に召喚された2人は勇者ということで、その場も大いに沸いていたその隙にそれをやってのけた和希。

そのあとに王国側にステータスを調べられた和希だったが、ステータスを見た王国側の人間はゴミを見るような目で和希を眺めていたそうだ。

自分が特別だと言われることは思考を麻痺《まひ》させるようで、一緒に召喚された2人は最初は混乱していたけどチヤホヤされることに満更でもない様子だったという。

和希もこの2人に申し訳ないと思いつつも、全く知らない2人と自分を天秤《てんびん》にかけたら答えはやっぱり自分が大事ってことになり、王に「自分では力になれないから市井で静かに暮らします」と申し出たところあっさり認められたそう。

和希としては、その場で斬り殺されることもあり得るかもと警戒していたが、何とか事なきを得た。

あとで知った話として、既に勇者召喚の儀式が執り行われることはある程度国内外に知られてしまっていたことも影響していたのではないかと書いてあった。

召喚した勇者をすぐに殺したとなれば、さすがに王国側としても外聞が悪いということで見逃されたのだろうと。

しかしながら、そのまま城外へ解放というわけにはいかず、「我らのためにこの世界へと来ていただいたことに変わりはない。未《いま》だ戦渦の少ない辺境の地でゆっくりと過ごすがいい」との王の言葉もあって和希は辺境の地へ行くことになった。

王国の兵のお供（要は見張りだな）つきでね。

お供の王国兵が操る馬車に乗って王都を出て5日、どんどんと辺鄙《へんぴ》なところへと進み、ついには馬車1台がようやく通れるほどの一本道が続く森の中へ。

その森の中をしばらく進んだところで、兵士の「どこへでもいくがいい。ま、生きて出られたらだがな」という捨て台詞《ぜりふ》とともに和希は馬車を降ろされたそうだ。

殺しはしないが、森の中へ置き去りにしてあとは魔物に襲わせるってパターンだな。

この行為は死ねと言っているようなものだったが、和希にとっては渡りに船だった。

王国側は知らないけど、和希は賢者で魔法の深遠という固有スキルもある。

その森に着くまでの間に、ある程度の魔法も習得していた。

和希は、自分を食おうと襲い掛かってきた魔物どもに習得したばかりの魔法を練習がてらに撃ちながら悠々と森から出たそうだ。

それからは、目立たないように日銭を稼ぎながらアスタフィエフ王国を脱出し、隣国のスレザーク王国でカズという名で冒険者登録。

冒険者となった和希ことカズは自由気ままにこの世界を旅して回った。

その旅のついでにいろいろな魔法の書物も手に入れて、魔法への理解を深め、魔道具作製や魔法陣についても習得していったそうだ。

「フ～……」

3分の1程度を読んだところで一旦休憩にした。

ショボショボする目を何度もこする。

眠気を覚ますため、ネットスーパーでブラックの缶コーヒーを購入した。

極力音が鳴らないようにプルタブを開けてブラックコーヒーを一口。

しかし、俺のときと召喚された経緯が同じだな。

このアスタフィエフ王国ってのは今はない国みたいだけど、和希がこっちに召喚されたのは２０１４年だったっていうし……。

どうなってんだ？

手に持った古びた本をしげしげと見回す。

これ、鑑定したらいつごろ書かれたものか分かんないかな？

そんな思いが頭をよぎり、本を鑑定してみた。


【賢者カズの自叙伝】

約６００年前に異世界の言語で書かれた賢者カズの自叙伝。


「うぉっ」

思わず出た声にハッとなって口を手で押さえた。

そろりと布団をめくりフェルたちの様子を窺《うかが》う。

フェルもドラちゃんもフスー、フスーと寝息を立てて寝ているし、スイも熟睡しているのかピクリとも動かない。

その様子にホッとしながら布団を戻した。

しかし、６００年前とはずいぶんと前だな……。

でも和希がこっちにきたのは２０１４年だって書いてあるんだよな。

俺がこちらの世界に召喚されたのは２０１６年。

たった2年違いなのに、こっちでは６００年違うってどういうことなんだ？

こっちの時間軸とあっちの時間軸が違うってことなのか？

うーん、よく分からん。

まぁ、あっちとこっちじゃそもそも世界が違うんだし考えても仕方ないのかもしれない。

どうにかできるもんでもないし。

それよりも続きだ、続き。

俺は、ブラックの缶コーヒーをゴクリと飲み喉を潤したあと、再び本に目を落とした。

和希は各地を転々と旅する途中に魔族という魔法に長《た》けた者たちが住む地があることを耳にした。

魔法に長けた者と聞いて、賢者であり魔法の深遠という固有スキルを持った和希は興味を持ちその地に赴いた。

その地は、今でいう魔族領のことみたいだ。

今では断絶というかほぼ国交はない魔族領だが、どうも和希の生きていた時代には細々とではあるが国交があったようなのだ。

和希は魔族領に向かう商人の護衛という形で魔族領のアンドラス国に入国した。

そして、そこに住む魔族たちの姿を見て驚いた。

事前に何度も魔族領に行ったことのあるその商人に「我々とは見てくれが大分違いますが、付き合ってみるといい人たちですよ」とは聞いていたものの実際に見るとやはり驚いたそう。

肌が青かったり背中に蝙蝠《こうもり》の羽のようなものを生やした魔族、肌の黒いエルフでファンタジーで言うところのダークエルフ、獣人は獣人なのだろうが和希の見たことのある獣人とは大分違った正に獣が二足歩行している獣人、知能は自分たちと変わらないが見てくれがオークやゴブリンにそっくりな種族までいたのだというから、和希の気持ちも分かるというもの。

驚きはしたが、逆にファンタジー要素満載な魔族領の人々にさらにこの地について興味津々となった和希。

護衛をした商人のとりなしもあって、人族と多少なりとも交流のあった村に滞在させてもらうことになった。

最初は戸惑いがちに和希を遠巻きに見ていた村人たちにも、時間が経《た》つにつれて和希に害意がないことが分かってもらえて、少しずつ仲良くなっていったそう。

小さな村ではあったが、和希にとって学ぶことは多かったようだ。

それまで見たことのなかった結界魔法や魅了や混乱など精神に効果を発揮する魔法、飛行魔法までを使いこなす村人には和希も舌を巻いた。

こういう魔法が使えたのは、青い肌の魔族や蝙蝠の羽の魔族やダークエルフだったそうだ。

適性がなければ使えないぞという村人をよそに、賢者の自分なら大丈夫だろうというか絶対大丈夫だと信じて和希は村人に魔法を教えてくれるよう懇願した。

村人たちは「村の使い手なんて大したことはないんだけどね」とボヤいたそうだけど。

村人曰く、大きな街に行った方が魔力の多い者も多くいてそれなりの使い手もいるという。

何でも結界魔法は魔力を込めれば込めるほど堅牢《けんろう》に、魅了や混乱など精神に効果を発揮する魔法は魔力を込めれば込めるほどより強く長く精神に影響を及ぼし、飛行魔法は魔力が多いほど飛行できる時間が長いというのだから村人の言うことも分からなくはない。

しかしながら、和希は豊富な魔力の持ち主であり固有スキルの魔法の深遠もある。

使い方さえ分かれば何とでもなった。

そのほか二足歩行の獣人たちからは身体強化の一種を学んだそう。

何でもこの二足歩行の獣人たち、狼《おおかみ》やら虎やらライオンやらといろいろといるようなのだがすべてにおいて力が強く動きが素早い。

力が強いのは獣人の種族特性だというが、動きの素早さについては魔力を使っているらしい。

そこを教えてほしいと和希は獣人に教えを乞うたそうだけど、この獣人たちどいつもこいつも教えるのが下手なうえに脳筋ばかりで苦労したと和希のボヤきが書いてあった。

原理は体中に魔力を漲《みなぎ》らせて筋肉の動きを補助するような感じらしいけど、これを使いこなすには慣れることが一番だそう。

実際、魔族領の獣人たちは小さなころに教わるらしい。

それでも和希は短期間で瞬間的にだが使えるようになったというから、さすが賢者というところか。

それから見た目オークのオーク族（そのものズバリでそういう種族なのだという）からも魔法を学んだようだ。

オークが得意だったのは身体硬化（これも一種の身体強化の魔法なのだろうが）の魔法と一種の付与魔法。

身体硬化というのは体の表面に薄く魔力を纏《まと》い体を硬化させて魔法攻撃や物理攻撃のダメージを受けにくくし、付与魔法はその延長で持つ武器に魔力を纏わせて耐久力や攻撃力を上げるということらしい。

教わった村のオークは、自分の仕事道具であり武器でもある斧《おの》をなでながら「本当は、火魔法の使い手なら武器に火を纏わせるってこともできる。俺も火魔法は使えるが、それをやるとすぐに魔力が尽きるからな。俺の場合はこいつの耐久力と切れ味を上げるくらいだ」と言って苦笑していたそうだが。

それについて和希は興奮したように〝耐久力と切れ味を上げるくらいだって言ってるけど、これすごいことだからね！　この魔法は魔力をそれほど必要としないし、これって上手《うま》くやれば木の棒でも立派な武器になるってことなんだからな！〟と書いてあった。

魔法特化の和希ではあるが、いざというときに少ない魔力で武器を強化できるこの魔法は心強いものだったんじゃないかと想像した。

実際、そういういざという場面が幾度かあったのか〝オークから学んだ魔法は本当に役立ったよ……〟としみじみとした口調で書かれていた。

ゴブリン（こちらもズバリのゴブリン族というらしい）からは、いろいろなポーションの作り方を教わったようだ。

ゴブリンは手先が器用らしく、魔族領ではポーション作りを一手に引き受ける一族だったらしい。

和希もポーションについては一通り作れるようになっていたが、自分の作るポーションよりも効果の高いゴブリンの作るポーションについては学ぶ価値が大いにあったと書いてあった。

そんな感じで村でいろいろと学びながら過ごすうちに、魔族領についても知るようになった。

魔族領には、和希がいたアンドラス国のほかキマリス国とラウム国の3か国があり、小さな諍《いさか》いはあるものの3か国の関係は悪くないという。

それというのも、魔族の住む土地は狭くこの大陸に住む魔族はこの3か国にいる国民のみで圧倒的に数が少ないのだ。

「えっ、そうなの？」

和希の書いた本を読みながら、思わず小声でつぶやいてしまった。

この本で判明したが、何と魔族領はこの大陸の半島部分なのだという。

村人から聞いた話として、魔族領を海沿いに歩いてぐるりと回るのにゆっくり行っても1か月もかからないと書いてあったので、それほど大きくはないことが想像できる。

俺を召喚し、魔族領に隣接した今は亡国となったレイセヘル王国でさえ魔族領がどういう土地なのか知りあぐねていたというのに、まさかここで知ることになるとはね……。

さらに本を読み進めると、何故《なぜ》そこに魔族が住み着くようになったのかが書かれていた。

魔族領に伝わる伝承があるらしく、それによると……。

遠い遠い昔、魔族の国から巨人族の住む島へと出港した船がひどい嵐に巻き込まれて遭難し、航行不能になった。

このままでは死を待つばかりの魔族の乗組員たちは、イチかバチか飛行魔法を使って陸地を目指した。

そしてたどり着いたのが後の魔族領の地だというわけだ。

どれくらいの魔族が魔族領の地にたどり着いたのかはわからないが、魔族領に暮らす魔族たちはおしなべてその子孫ということらしい。

「フ～……」

再び息を吐いて本から目を離した。

まさか魔族領についていろいろ知ることになるとは。

今現在、魔族領に隣接する国々は魔族領とは国交はないと聞いてる。

実は魔族領はこの大陸の半島部分であるとか、魔族領に住む人々は別の大陸にあるだろう魔族の国からやってきた魔族の末裔《まつえい》であるとか、これを知ってるのってもしかしなくても俺だけじゃないのか？

…………。

思わず頬がヒクついた。

落ち着け、俺。

落ち着きを取り戻すために、飲みかけだったブラックの缶コーヒーをゴクリと飲み込んだ。

和希は魔族の村に半年ほど滞在した。

その間も和希は村の人から聞いた話を忘れられないでいた。

魔族領の人々が海を越え別の大陸からやってきたということを。

この世界にある未知の大陸――。

和希の好奇心が大いに刺激されていたようだ。

その大陸はどの辺にあるんだろう？

そこにはどんな国があるんだろう？

どんな人たちが住んでいるんだろう？

当時、和希はそんなことばかり考えていたという。

今すぐには無理でも、いつかは行ってみたい。

そのためにもっと魔族の人たちについて知りたいと思うようになり、和希はもっと大きな街へ行けないかと村人たちに相談した。

しかしながら、それは村人たちから止められたそうだ。

この村はわずかではあるが人族との交易もあるから大丈夫だが、大きな街には人族嫌いも多いというのが理由だった。

何でも百数十年前に魔族領と接する人族の国と戦争があり、そのとき魔族にも多くの犠牲者が出たそうだ。

種族によって多少の違いはあるものの、２００から３００年の寿命のある魔族領の人々にとってはまだ昔のこととは言えないものだった。

その戦争に行った者や家族が犠牲になった者で未だ健在な者も多く残っている。

そのうえ気性の荒い種族も大きな街にはいるのだ。

そこへ人族の和希が現れたならば、いらぬ諍いが起こるのは目に見えていた。

その話を聞いてしまっては和希も無理は言えなかった。

名残惜しい気持ちを抑えて世話になった魔族の村に別れを告げ、和希は魔族領をあとにした。

それから和希は再び冒険者に戻り、また方々を旅して回った。

方々を旅して回る間も魔族の国があるという大陸のことが和希の頭から離れなかったそうだ。

そして、魔族の村を離れて3年後、和希は依頼で訪れていた街の古本屋で面白いものを見つけた。

転移の魔法陣の研究者オルヴァ・マイヤネンの研究日誌だ。

オルヴァはどこかの国の男爵家の三男坊で、転移の魔法陣に魅せられてその研究者となったという。

どこぞの国の研究機関に勤めていたようだが、転移の魔法陣ほど難解なものはないと言われるほどでそう簡単に成果が上がるものではなかったようだ。

オルヴァは結局うだつの上がらない研究者として過ごし……って、そこはいいとして、それでもオルヴァは諦めなかった。

一生涯をかけてコツコツと転移の魔法陣について研究して、それを書き残していた。

そのオルヴァの研究日誌が7冊。

羊皮紙に書かれたものではあったようだが、この時代というかこの世界では本と言えば手書きでどれも貴重なものだ。

オルヴァの研究日誌も7冊で金貨15枚したそうだ。

それでもそのころには和希も冒険者としてそれなりに名も知られて成功していたのもあって、すべて買い取ることにした。

転移の魔法陣は、もしかしたら魔族の国があるという大陸へ行くのに役立つかもしれない。

そんな思いもあって、和希はオルヴォの研究日誌を読みふけった。

〝魔法の深遠〟を持つ和希がオルヴォの研究日誌を何度も読み込んで理解した結果、結論から言うと行ったことのない場所に転移することは不可能だということだった。

何でも転移の魔法陣というのは、基本的に行き来するそれぞれの場所に設置しないといけないのだそうだ。

さらにだ、その魔法陣の中に転移する場所の情報をどれだけ盛り込めるか、そしてどれだけその魔法陣に均一に魔力を行き渡らせることができるかによって転移する距離や正確性に違いが出てくるというのだから、確かに行ったことのない場所へ転移することなど不可能というしかないだろう。

転移の魔法陣に使う文字も普通の文字であるはずもなく、それを習得するだけで普通なら10年はかかると言われているそうだ。

その文字を使って魔法陣の中に転移する場所の情報を魔力が均一に流れるようになるよう書き込んでいくわけだ。

もちろん場所が遠ければ遠いほど、その情報も多量に書き込まなければならず難易度が跳ね上がるというのだから、転移の魔法陣が近距離のものが多かったという話も頷《うなず》ける。

やっぱりダメかと落胆する和希。

魔族の国があるという大陸へ行くためには、大海を越えなければならない。

そうなると船という手があるが、海には海の魔物がいる。

陸地に近い場所ならいざ知らず、遠洋に出ればシーサーペントやクラーケンなどSランクの魔物に襲われて海の藻屑《もくず》と消えることになるだろう。

船以外となると、魔族の村で教わった飛行魔法でという方法がある。

魔族領に来たご先祖様たちも飛行魔法でやって来たわけだから。

ただし、それはどうしようもなくて使った方法なわけで……。

確かにどれくらいの距離があるかわからない大陸まで飛行魔法だけで行くというのはさすがに厳しいものがある。

魔族の村を出てから飛行魔法も大分上達して自信もある和希だったが、途中で力尽きれば海に落ちて魔物の餌になるだけだ。

それでも魔族の国があるという大陸を諦めきれない和希は考えた。

そして、こう思ったという。

これ、携帯式の転移の魔法陣とかあればなんとかなるんじゃね？

人を転移させることのできる転移の魔法陣はある程度の大きさになるうえ、歪《ゆが》んだり欠けたりした場合は正しく発動しない。

そのため、しっかりとしてなおかつ平らな床石に描くのが通例とされてきた。

だからだろうか、それまで和希のように携帯するという発想は生まれなかったようなのだ。

和希が考えたのは、一方の魔法陣を今いる場所に設置して、携帯式の魔法陣を和希が持つというものだ。

そして、飛行魔法で魔族の国があるという大陸を目指す。

途中どうしても無理な場合はその携帯式の転移の魔法陣を使って転移して戻る。

その場合、携帯式の転移の魔法陣は使ったあとは海にドボンなので使い捨てになってしまうが、自分の命は確実に守ることができる。

和希は、魔族の国があるという大陸を目指すならこの方法しかないと考えた。

そして、和希は携帯型の転移の魔法陣、言わば携帯型転移の魔道具の研究を始めた。

それと同時に、飛行魔法は魔力量に依存することから、魔力量を増やすためにレベルアップも計っていったのだった。

試行錯誤しながら1年後、携帯型転移の魔道具がようやく完成。

魔法陣を小型化し、それを描く石板も特製だそう。

何でも石板を、いろいろな貴重な材料を使って作った溶液に自身の魔力を10時間ほど込めた、俺にはよく分からないなんとか魔力溶液に10日間漬け込んだと書いてあった。

とにかくそうやって準備した石板に小型化した魔法陣を描き、ようやく携帯型転移の魔道具が出来上がったというわけだ。

研究をするにあたり購入した自宅にもう一方の転移の魔法陣も描き、テスト運用してみたところ上手くいった。

和希はようやく念願の魔族の国があるという大陸へと向かったのだった。

魔族の村で、ご先祖様たちは西の方角から来たということは聞いていたので、和希も一路西の方角へと飛んだ。

しかし……。

陸地などかけらも見えない大海原の真ん中で力尽きた和希は、最後の力を振り絞って携帯型転移の魔道具を発動。

這《ほ》う這《ほ》うの体《てい》で自宅へと出戻ったのだった。

魔力が足りないと実感した和希は、それからさらに1年かけてレベルアップを計り冒険者としてはSランクにまで昇り詰めていた。

そして再び魔族の国があるという大陸へと向かった。

不眠不休で飛び続けて3日、和希がもうそろそろヤバいと思い始めたそのとき、うっすらと陸地が見えてきた。

和希は最後の力を振り絞って陸地を目指した。

そして、ようやく念願の魔族の国があるという大陸に足をつけた瞬間、限界に達した和希は気を失ったのだった。

次に和希が目を開けたとき、この世のものとは思えないほどの美少女が目の前にいた。

〝好きです。結婚してください……〟

思わずそう口をついて出たとあった。

ビスクドールのように透明感のある白い肌に薄い紫色の美しい目とサラリとした長い髪。

野暮ったいブラウスとスカートの上からでも分かる豊かな胸とくびれたウエストのスタイルも抜群の超絶美少女。

背中から見える黒い蝙蝠の羽も彼女ならば可愛《かわい》く見えたと書いてあった。

この少女の名は、ジェナ。

後の和希の嫁だった。

このジェナの名が出てきて以降は、ジェナへの惚気《のろけ》しか書かれていないので割愛だ。

まぁ簡単に言うと、ジェナに一目惚《ひとめぼ》れした和希の猛烈アタックにジェナもコロリとなって2人は結ばれた。

口八丁手八丁で和希はジェナの両親も何とか説得して2人は結婚。

そして、冒険者として稼ぎながら2人で魔族の大陸を旅して回ったそうだ。

それはいい、それはいいんだが、和希とジェナの初夜だの旅の途中の2人のロマンチックで熱い夜だのを読まされたときには、さすがにこの本をぶん投げてやろうかと思ったぞ。

でも、まだ少し読み残しがある。

とりあえず全部読まないとと、ブラックの缶コーヒーをグビリと飲んで心を落ち着かせてから再び読み始めた。

2人で旅して回るうちに、巨人族の島との定期船が出ている街へとたどり着いた。

魔族領にたどり着いた魔族の人たちが当初向かっていた巨人族の島だ。

和希がいたころには定期船がでるほどになっていたようだ。

どうせならということで、和希とジェナは巨人族の島へと行ってみることにした。

そして、巨人族の島の冒険者組合（魔族の大陸ではこう言うらしい）で、サンデルという巨人族の青年と意気投合。

島にいる間、臨時パーティーを作って3人で依頼を受けたりしていた。

そして、サンデルから折り入って話があると切り出された和希。

その話は何とサンデルの妹をもらってほしいという話だった。

巨人族は女性でも2メートル近く、男性になると2メートル50センチにもなる。

それからいくと、サンデルの妹は小柄過ぎて男性からは敬遠されがちなのだという。

そのせいで20歳になった今でも結婚の話がなくて、本人がひどく落ち込んでいるというのだ。

サンデルは人族でも和希なら信用できるし、小柄な妹とも合うのではないかと話をしたということだった。

和希は最初はジェナがいるからと断ったそうだが、ジェナの方から会った方がいいと進めてきたそう。

何でも、和希ほど強い男なら嫁が何人かいるのは当たり前ということらしい。

そんなわけで、和希はサンデルの妹と会うことにした。

そして会ったサンデルの妹ヴァウラは、180センチ程度と巨人族としては小柄だが、褐色の肌に黒いウェーブヘアーのボンキュッボンッのグラマラスなラテン系美女だったそう。

見た目だけならグイグイくるタイプに見えるヴァウラが〝やっぱり私じゃダメですよね〟とショボンとしているのを見て、そのギャップに和希もコロッといったようだ。

結局、ヴァウラも嫁に迎えている。

2人目の嫁ヴァウラを迎え、3人になった和希たち一行は再び魔族の大陸を旅して回った。

その後はまたジェナとヴァウラへの惚気ばかり書いてあったので割愛だ。

ケッ、嫁が2人もかよ。

しかも美少女と美女とか。

馬に蹴られて死ねばいいのに。

などと思いながら、あと少しだと我慢して本に目を通していく。

魔族の大陸をある程度旅したところで、ジェナとヴァウラから和希が来た大陸を見てみたいというリクエストが。

それならばと携帯型転移の魔道具を使って転移した。

何でも和希特製の携帯型転移の魔道具は、魔道具に触れていれば転移可能とのことで、小型化されてはいるが3人でも問題なく転移できるのだそう。

そして、今度は和希のいた大陸を3人で旅して回った。

その途中、エルフのリュドミラに出会い、リュドミラからの猛烈アタックにより和希はリュドミラを3人目の嫁に迎え入れた。


………………。


ハァ〜？

3人目の、嫁？

その後はジェナとヴァウラとリュドミラの3人の嫁への惚気ばかりが書いてあった。

辟易《へきえき》しながら目を通して、ようやく最後。


〝ヴァウラを看取《みと》り、ジェナを看取り、僕はリュドミラに看取られることになるだろう。

図らずも来たこの世界だったけど、これだけは言える。

3人の嫁に囲まれて、それぞれとの間に子どもも1人ずつ授かったし、僕は幸せだったよ。

そうそう、一番大事なことを書き忘れてたね。

この転移の魔道具だけど、新たに作った携帯型の転移の魔道具とつながってるんだ。

それが置いてある場所は、もちろん3人の嫁の出身地だよ。
それぞれ見つかりにくい場所に置いてある。
君がこれを持つに値する人物であれば、転移してもまぁ大丈夫だと思う。
それで、使い方なんだけれど
ジェナの出身地へ行く場合は「ジェナ、愛してる！」
ヴァウラの出身地へ行く場合は「ヴァウラ、愛してる！」
リュドミラの出身地へ行く場合は「リュドミラ、愛してる！」
と転移の魔道具に向かって叫んでくれればOKだよ。
あ、日本語でだよ。〟

……………。
ゴァァァァァァ――――ッ。
何でお前の嫁の名前を言って愛してるなんて叫ばないといけないんだよーっ！
叫びたいところを唇をかみしめてグッと堪《こら》える。
アホッ、アホッ、アホーッ！
ハァ、ハァ、落ち着け、落ち着くんだ、俺。
フーッ。

ジェナ愛してる！
→ジェナ地元へ
ヴァウラ愛してる！
→ヴァウラ地元
ュドミラ愛してる！
→リュダ地元へ
日本語だゾ☆

しかし、和希め、こいつ俺の前にいたら絶対に殴ってるな。

ちなみにこいつだが（もうこいつ呼ばわりでいいわ）、魔族の大陸のダンジョンでエリクサーを見つけて寿命が3倍くらいに伸びたみたい。

嫁の惚気が書いてある合間にチラッと書いてあったわ。

で、エリクサーなんだけどこいつが言うには、不老不死の秘薬というわけじゃなく、実際はその完成度によってケガや病気、欠損部位なんかを直して寿命を延ばす薬っていうのが正しいようだ。

だからスイ特製エリクサーは劣化版だから寿命までは延びないんだな。

ま、それはいいとして。

この本、なんか読んで損した気分だぜ。

睡眠時間削ってまで読むんじゃなかった。

ハァ〜。

第三章 なかったことにしよう。うん、それがいい。

『おい、これは手を抜きすぎではないのか？』

『同意～』

『これだけぇ？』

みんなに不評の朝飯。

作り置きのそぼろ丼とは言え、トッピングなしで飯の上にただそぼろを載せただけじゃさすがに手を抜きすぎたか。

昨日は結局、和希《かずき》の残した本を読んでて完徹しちゃったからな。

寝不足で疲れてるんだよ。

「い、いや、トッピング、上に載せるものは希望を聞いてからと思ってな。ほら、温泉卵とか卵の黄身だけとかゴマもとかさ」

そう言って何とか誤魔化す。

『本当か？』

疑わしげな目でこちらを見るフェル。

「ほ、本当だって。それよりもほら、何がいい？」

『フン、まぁいい。我はいつものトロっとした半熟の卵がいいぞ』

「温泉卵だな。分かった。ドラちゃんとスイは何がいい？」

『俺もフェルと同じだな』

『スイもー。あと香ばしいつぶつぶもー』

フェルとドラちゃんが温泉卵でスイが温泉卵と香ばしいつぶつぶってことはゴマだな。

ネットスーパーで購入してパパっとトッピングしてやると、みんな満足そうに食い始めた。

俺はというと、温めたレトルトの中華がゆをすする。

何といっても徹夜明けだからな、胃にやさしいものを。

ハァ～、しかし参った。

あんなものを読まされることになるとは……。

使うのに他人の嫁を愛してるって叫ばないとダメって何の拷問だよ。

何でそんないらん設定してんの？

バカだろ、和希って。

しかもだよ、転移先は和希が〝これを持つに値する人物であれば、転移してもまぁ大丈夫だと思う〟なんて書く場所だぞ。

絶対にろくな場所じゃないの確実だろ。

高ランクの魔物がわんさかいる森の中だとか、ダンジョンの最下層とかだぞ、きっと。

まぁ行った先の転移の魔道具に触れながら日本語で「転移」って言えば、すぐに俺が手に入れた転移の魔道具のある場所に戻って来れるってことが最後の最後にチョロッと書いてはあったけどさ。

って、それでも使う予定はないけどね。

そもそも何で他の大陸に行かなきゃならないのさ。

確かに異世界を旅して回りたいとは思ったけど、この大陸でさえ行ったことのない場所がたくさんあるんだぞ。

近場であるここレオンハルト王国のお隣のエルマン王国にさえまだ行ったことがないってのに、わざわざほかの大陸にまで出張っていくわけないじゃん。

やだなぁ、当然でしょ。

アッハッハ。

だいたいあの石板、ほかのものと比べて雑な扱いだったものなんだぞ。

上にほかの魔道具が積み上げられてたくらいだったんだから。

一応いろんな宝と一緒に置いてあったものの、盗賊王は石板が何か分かってなかったんじゃないかな。

石板が何かの魔道具だってことはさすがに分かってはいただろうけど、転移の魔法陣を理解している者自体少なかったのに、石板に書かれたあの複雑な魔法陣が何か理解していたとは思えないもんな。

まぁとにかくだ、それくらい雑な扱いだったんだし、最初からなかったことにしてもいいと思うんだ。

フェルたちに知られても騒ぎになるだけだし、それがベストだよ。

特にフェルが魔族の大陸なんて知ったら『今すぐ行くぞ』とか言い出しかねないからな。

そんなことになるくらいなら、なかったことにした方が絶対にいい。

うん、そうしよう。

転移の魔道具も、和希の本もない。

そんなものは最初からなかったんだ。

『おい、さっきから何を1人でブツブツ言っているのだ？』

「へ？　な、何でもないよ」

『まったくボーっとしよってからに。さっきからおかわりと何度も声をかけているのだぞ』

『そうだぜ！ったくよー』

『おかわり食べたいよー』

「ごめん、ごめん。すぐおかわり出すから」

俺は、すぐさまおかわりのそぼろ丼をみんなに出した。

『おい、本当に大丈夫なのか？　昨日も遅くまで起きていたようだが』

フェルがガツガツとそぼろ丼を食いながらそう聞いてくる。

「あ、ああ、大丈夫だよ。昨日はちょっと眠れなかっただけだから」

それもこれも変なものを残した和希のせいだ。

貴重な睡眠時間を返せってんだよ、まったく。

っと、そんなことはもういいとして。

「飯を食い終わったら当初の予定どおりカレーリナの街へ向かうぞ」

さっさと家に帰ってフカフカのベッドでゆっくり寝たいよ。

◇　◇　◇　◇　◇

「おっ、見えてきた！」

懐かしきカレーリナの街が見えてきた。

デミウルゴス様の神託によって盗賊王の宝を発見したあとの旅路はすこぶる順調だった。

フェルが飛ばしたのもあって、行きよりも早いくらいだったからな。

冒険者ギルドのカードを見せると、ゆっくりとカレーリナの街の門をくぐった。

門の兵士もさすがに慣れたのかフェルとドラちゃんの姿を見ても驚きもしない。

街へ入った俺たちは、マイホームへと歩を速めた。

「おーい」

今日の門番はバルテルとペーターの2人のようだ。

「ただいま。俺がいない間、変わりなかったか？」

「おう、おかえり。こっちは平和なもんじゃったぞ。まぁ、強いて言えば教えるのがこんなに大変じゃとは思わんかったがな」

「お、勉強ちゃんとやってるんだな」

旅立つ前に俺が提案したことをきちんとやっているらしい。

いいことだ。

「まぁのう。コスティもタバサも張り切ってるからのう。……しかし、あのバカの双子は間違って覚えている字もかなりあって矯正するのに苦労したわい」

「うん。あの2人、字は読めるんだから書きが少々あやふやでも大丈夫だろうって最後まで抵抗してたよね……。教えてもらえるんだから素直に教えてもらったらいいのに」

「ハハハハ、あの双子はなぁ。見るからに勉強嫌いそうだし」

「ガハハハッ、違いねぇ。しかし、ペーターはがんばっとるぞ。算術の方はまだまだじゃが、あの2人と違って努力しとるからのう。読みの方はもうだいぶできるようになったし、書きの方も簡単なものなら問題ないくらいには書けるようになっとるしな」

「へー、がんばってるじゃないか」

「せっかくもらった機会だから」

デカい図体《ずうたい》のペーターが照れたようにはにかみながらそう言った。

「おっ、そうだ。お土産買ってきたし、今日はこれからみんなで宴会だ。2人とも、来なよ」

「む、門番の仕事はどうするんじゃ？」

「あー、フェルたちもいるし大丈夫だろ。というか、フェルの姿見て俺たちが帰ってきてるの分かってるのに、ここを襲おうとする賊がいるとも思えないし」

俺がそう言うと「確かに」とバルテルとペーターが頷《うなず》きあっている。

「ほら、行こう。肉ダンジョンで獲《と》ってきた美味《うま》い肉やら、街の屋台で買ってきたものとかいろいろとあるんだぞ」

『む、屋台の串焼きやらか。我も食うぞ』

『俺も食う！』

『スイもー！』

「はいはい、ちゃんとみんなの分も用意するから心配すんなって」

石畳の道をしばらく進むと、ようやく我が家が見えてきた。

それほど長く住んでいるわけじゃないけど、やはり自分の家だ。

我が家に戻ってきたと思うと感慨深い。

「あー、ムコーダのお兄ちゃんだー！　おかえりー！」

家の前の庭で遊んでいたロッテちゃんが俺の姿に気付いて駆け寄ってきた。

「ただいま、ロッテちゃん。ロッテちゃんが楽しみにしてたお肉のお土産もいっぱい持ち帰って来たぞ！　今日はみんなでそのお肉で宴会だ」

「ヤッター！」

お肉と聞いてロッテちゃんが喜んでピョンピョン飛び跳ねている。

「あっ、そうだ！　ムコーダのお兄ちゃんが帰ってきたことみんなに知らせてくるー」

思い出したようにそう言ったロッテちゃんが母屋の裏の使用人の家の方へ走っていった。

少しすると懐かしい面々が顔をそろえてやって来た。

みんな変わりなさそうでちょっと安心した。

「ただいま」

◇◇◇◇◇

「これがあるなら作るのはあの鍋だな」

俺の目の前にあるのは、外側の葉が鮮やかな緑色でずっしりと重そうな見事な出来栄えの白菜だった。

これはアルバンが母屋の裏にある畑で育てたものだ。

アルバンが「ムコーダさんにいただいた種から作ったこの葉物野菜がすごく美味《おい》しくてみんなに

も好評なんですよ」と言うから、キャベツかレタスと思いきや、詳しく聞いていくとどうも違う。

ちょうど畑にあるというので、採ってきてもらったのがこれだった。

ローセンダールの街へ向かう前にアルバンに渡した種の中に白菜があったようなのだ。

何の種を渡したのかよく覚えてないんだけど、白菜の種、渡したかもしれないな。

種はあのとき蒔《ま》いた残りと、あとは適当にネットスーパーにあったものを買って袋ごと渡してあったからなぁ。

まぁ、それでできたのがこの白菜というわけだ。

今日の宴会用にダンジョン豚かダンジョン牛の肉を使って、みんなでつまめるものを何か1品作ろうと思っていたからちょうど良かった。

この見事な出来栄えの白菜と肉でピンときた料理が、白菜とダンジョン豚のバラ肉で作る重ね鍋だ。

前にも鍋はみんなに振舞ったことがあるし、大勢で食うのにピッタリだよな。

ということで、女性陣に手伝ってもらって用意することにした。

◇◇◇◇◇

「ムコーダのお兄ちゃん、こう？」

「そうそう、上手上手」

俺がそう褒めるとニッコリと笑うロッテちゃん。

自分も手伝うとはりきるロッテちゃんに、白菜と豚バラの重ね鍋なら簡単だしと手伝ってもらうことにしたのだ。

やることは簡単。

1枚ずつはがした白菜の上にダンジョン豚の薄切りを重ねていくだけだ。

俺の手を動かしながらの説明にロッテちゃんとテレーザ、アイヤとセリヤちゃんが見様見真似《みようみまね》で同じように白菜と肉を重ねていった。

白菜と肉を重ねてを3回ほど繰り返したあとは、5センチくらいの幅に切って鍋に隙間なく敷き詰めていく。

あとは顆粒《かりゆう》だしを振り入れて白菜の表面にヒタヒタになるくらいの水を入れて煮えれば出来上がりだ。

食うときにはお好みのタレにつけていただく。

おすすめはポン酢とゴマダレ。

ポン酢はさっぱりといただけるし、ゴマダレは濃厚なゴマの風味があっさりした白菜と肉によく合う。

どちらもぜひ試してもらいたい美味さだ。

あとは、同じ白菜と豚バラの重ね鍋でも味噌味《みそあじ》で。

これ、絶対味噌でも美味いだろと思って、だしで煮る代わりに味噌味の鍋つゆで作ってみたらめっちゃ美味くてなぁ。

俺がいつも使うのはピリ辛の味噌鍋つゆだ。

ピリ辛の味噌味が白菜に染みて肉にも絡んでたまらなく美味いんだな、これが。

いかん、思い出したら涎《よだれ》が……。

とにかくだ、材料が少なくて済むし簡単だから両方作ってみた。

お土産の屋台で買った串焼きやらを盛った皿と出来上がった鍋を、女性陣と一緒に我が家の優に20人くらい座れる長いテーブルの上に並べていく。

もちろん、フェルとドラちゃんとスイの前にも同じものを。

「できたぞー」

「よっ、待ってました！」

お調子者のアホの双子、ルークとアーヴィンが真っ先に席に座った。

そんな2人を見て頭を抱えるタバサ。

「あんたたちはいつんなっても落ち着きがなくって、姉として恥ずかしいったらありゃしないよ。見てみなよ、あの3人を。あんたたちなんかよりよっぽど落ち着いてるってのに」

そう言いながらタバサがトニ家のコスティ君とアルバン家のオリバー君とエーリク君を見やる。

しかしながら、双子はどこ吹く風だ。

「あー、また姉貴のお小言が始まったぜ～」

「ハハ、そんなんいつものことじゃん。無視無視」

「だな」

またそんなこと言ってると……。

「口答えするんじゃないよっ」

バコンッ、バコンッ――。

「イテッ」

「アタッ」

タバサの拳骨《げんこつ》が双子の脳天に。

バルテルが「いつになっても懲りないな、お前らは……」と呆《あき》れ顔《がお》。

ペーターも言葉にはしないがウンウンと頷いていた。

俺も変わりない双子に苦笑いしつつ、みんなを席に着かせたところで、背後から不穏なオーラが。

振り返ると、白菜と豚バラの重ね鍋を睨《にら》み不機嫌に鼻にしわを寄せるフェルの姿があった。

「ど、どうした、フェル？」

『どうしただと？　何度も言っているだろう、我は葉は嫌いだとっ』

「ああ、何だそれか」

『何だそれかとは何だっ！』

「ちょっ、顔近いってば」

迫ってくるフェルの顔を押し退《の》ける。

「でもさぁ、フェルって野菜嫌い嫌いって言うけど、食えないわけじゃないじゃん」

ちょいちょい野菜嫌いだって言う割に、フェルってば出すといつもけっこうペロッと食っちゃうんだよね。

『それはそうだが、やはり肉がいいのだ！　分かったか!?』

「はいはい、分かりました」

『まぁまぁまぁまぁ。フェルもそんなに怒るなって。俺も肉少ねぇなって思ったけど、これはこれで美味いもんだぜ。こっちのちょっと酸っぱいタレにつけて食うとなかなかイケるぞ』

『スイはねー、こっちの香ばしいタレのが好きー』

肉好きではあるけど野菜も嫌いではないドラちゃんとスイは白菜と豚バラの重ね鍋をバクバク食っている。

「なぁ、フェル。串焼きの方は肉尽くしなんだし、今日のところは我慢してくれよ」

『フンッ。…………明日は肉だからな。肉だけの飯だぞ』

そう言い捨てると、ガツガツとピリ辛味噌の白菜と豚バラの重ね鍋を食い始めた。

何だよ、結局食うんじゃないかよ。

そう思うものの、ここは口には出さない。

出すとフェルがまた拗《す》ねるからな。

「じゃ、俺たちもいただきましょう」

子どもたちにも「みんな遠慮しないで好きなのとってな」と言うと、やっぱり一番に動くのはロッテちゃんだった。

「ロッテ、これ食べるー！」

そう言って手を出したのは、ロッテちゃんが手伝って作ったダシで煮た白菜と豚バラの重ね鍋だ。

「それはね、これかこっちのタレにつけて食べるんだ」

「へー。じゃあ最初はこっちで食べてみる！」

そう言ってポン酢につけて口いっぱいに頬張った。

ロッテちゃんが小さい口をモグモグと動かしてゴクリと飲み込む。

「美味しー！　ちょっと酸っぱいのがね、すっごくいいの！」

「それね、ポン酢っていうんだ。この鍋にすっごく合うだろ」

「うんっ」

「ほらほら、みんなも食ってよ」

そう言ってようやく手を出しあぐねていたみんなが鍋をつつきだした。

トニ一家とアルバン一家は家族で和気あいあいという感じで美味そうに食ってるし、警備担当のタバサたちは無言でガツガツ食っている。

って、お前らそんな飢えてたの？

「そうだ、これがまだだったな」

大人たちには缶ビールを、子どもたちにはペットボトルのオレンジジュースを出してやった。

みんなには前にも出したことがあるから偽装する必要もない。

缶ビールを見て嬉《うれ》しそうに反応したのはドワーフであるバルテルだ。

「さすがムコーダさんじゃ。分かってるのう」

そう言いながら慣れた手つきで缶ビールのプルタブを開けてゴクゴクと飲みほしていく。

「ク～、美味い！」

実感のこもったその言葉に、ほかの面々も缶ビールを次々と開けていく。

もちろん俺も缶ビールのプルタブを開けてゴクリゴクリとビールを飲んだ。

「ハ～、美味い。やっぱ鍋にはビールだわ」

しみじみとそう言うと、何故《なぜ》かビールを手にしたほかの面々も頷いている。

この世界の人間も鍋とビールの組み合わせには納得ってことなんだろう。

「しかし、この肉もきっといい肉なんだろうねぇ」

タバサがそんなことを口にした。

「ん？　そうでもないぞ。肉ダンジョンのダンジョン豚だし」

俺のアイテムボックスにダンジョン豚の肉がしこたま入ってるぞ。

それはダンジョン牛もだけど。

「ダンジョン豚？　あの肉ってこんな美味かったっけ？」

「俺の記憶ではもうちょっと肉がパサパサしてたような……。もちろんマズいってわけじゃなかったけど」

そう言ってルークとアーヴィンが首をひねっている。

「そうだろうな。ダンジョン豚つっても上位種の肉だし」

ポロっとそう言うと、元冒険者の面々が「上位種!?」と驚いている。

そう言えば、前にみんなに鍋をふるまったときもロックバードの肉だと言ったら驚いていたっけ。

「ムコーダさん、そんな上等な肉出しちゃダメだよ。あたしら一応奴隷なんだよ」

「俺らは美味いもの食えて嬉しいけど、普通はないわな」

「だよな。あり得ねぇ」

「というか、儂《わし》ら冒険者時代よりも確実に良いもの食っとるぞ」

「ウン」

タバサもルークもアーヴィンも、ついでにバルテルとペーターもちょっと呆れ顔だ。

肉ダンジョン産の肉は見るのも食うのも初めてそうなトニ一家とアルバン一家は、何の話か分からずにポカンとしていた。

「まぁさ、いいんだよ。みんなの想像以上に大量に持ってるからさ」

そう言いながら俺の後ろにいるフェルとドラちゃんとスイをチラリと見ると、元冒険者の5人は察したようだ。

「うん、なんかフェル様たちが嬉々《きき》として狩ってる姿が目に浮かんだ……」

「だな……」

うちのみんなと一緒にオーク狩りへ行った仲のルークとアーヴィンが遠い目をしてつぶやいた。

「ドロップ品が肉だったからな。みんな張り切ってくれたよ……。張り切り過ぎてダンジョン豚の上位種もダンジョン牛の上位種も狩り尽くしてた………」

あれはドロップ品の肉を拾うのがすさまじく大変だった……。

「ダンジョン豚の上位種……」

「ダンジョン牛の上位種……」

「それを狩り尽くす……」

元冒険者の5人が俺の話を聞いて顔をヒクつかせていた。

「ねぇねぇ、ムコーダのお兄ちゃんたち食べないのー？」

ロッテちゃんが不思議そうに俺たちを見てそう言った。

「ん？　食べるよ。ほら、そういうことだから心配無用だ。みんな食え食え」

「ハァ〜。ムコーダさんとフェル様たちを普通の冒険者と一緒に考えるのが間違いだったよ」

「え、何？　フェルたちだけだろ。タバサ、俺をそこに入れるの間違ってるから。俺はいたって普通だし」

「いやいや、入るだろ」

「そうだよな」

「何といってもムコーダさんは、フェル様たちの主《あるじ》だしのう」

「だよね」

1対1なら多分みんなに負けちゃうよ、俺。

『おい、おかわりだ』

『俺もー』

『スイもー！』

「はぁ、早いな。ってか、誰かさんなんて散々文句言ってたのにおかわりするんだ」

『何か言ったか？』

「何でもありませんよ。おかわり用意するからちょっと待ってて」

そそくさとフェルたちへのおかわりを用意する俺を見て、タバサとルークとアーヴィン、バルテルとペーターが何故かしたり顔で頷いている。

「やっぱムコーダさんも入るよ。フェル様に向かってそんな軽口たたける猛者はムコーダさんだけだからね」

「違いねぇ」

いやいや、絶対に猛者とかそういうんじゃないからね。

何だか不本意だぞ。

◇◇◇◇◇

楽しい宴《うたげ》も終わり、ドラちゃんとスイとともにゆっくりと風呂に入って疲れを癒した。

あとは寝るだけだ。

フェルとドラちゃんとスイは早くも夢の中。

でも、俺にはもう1つだけやらないといけないことが。

デミウルゴス様へのお供えだ。

1週間に1度と決めていたけど、今回は旅の途中だったということもあって少し遅れてしまった。

物欲まみれの某神様たちと違って遅れたからといってデミウルゴス様が怒るようなことはないと思うけど、お詫《わ》びにいつものお供えの日本酒とプレミアムな缶つまを少し多めに取り寄せた。

それからリカーショップタナカで、梅酒の特集が組まれていたから梅酒も一緒に購入してみた。

何でもフルーティーな味わいと飲みやすさから、最近は女性だけでなく男性にも梅酒の愛飲者が増えつつあるということで特集が組まれたようだ。

その中におすすめランキングがあったので、今回もランキングの中から選ばせてもらった。

ここは素直にベスト3までの3本を。

ランキング3位のスパークリングタイプのまるでシャンパンのような梅酒。

自社生産のバラの香りも添加しているらしく、ほんのりとバラの香りも漂う高級感あふれる梅酒でボトルも梅酒というよりはシャンパンのようなオシャレな感じで贈り物としても喜ばれるとのこと。

ランキング2位はコロンとしたボトルが特徴的なブランデーベースの梅酒だ。

ブランデーをベースに手間と時間をかけて作ったこの梅酒は、とろりとした喉越しで是非ともじっくり味わってほしい梅酒とのことだ。

そしてランキング1位は日本一の梅の産地である和歌山県でしかできない貴重な完熟梅を原料にした梅酒。

梅の本場和歌山県産ということもあり梅酒のコンテストでも優勝したことがあるそうで、梅の香りと酸味と甘みを最大限に引き出した濃厚かつ上品な味わいの梅酒とのことだ。

俺は梅酒と言えばここという有名なメーカーの梅酒しか飲んだことがなかったから、こんなにいろいろあるのかとびっくりした。

梅酒と言えばホワイトリカーなんかの焼酎や日本酒に漬けるもんだとばっかり思ってたら、ブランデーやウイスキーをベースにしているものまであるし、実に興味深く見させてもらった。

いろいろと見ているうちに自分でも飲んでみたくなって、ついついランキングベスト3を自分の分も買っちゃったよ。

飲むのが楽しみだ。

って、自分のことは置いておいてお供えがそろったんだからお供えしないと。

中身がきちんとそろっていることはチェック済なので、段ボールごと置いてと……。

あとは今日みんなで食った白菜とダンジョン豚の重ね鍋2種もポン酢とゴマダレをつけて一緒に。

「デミウルゴス様、少し遅くなってしまいましたがどうぞお納めください。白菜とダンジョン豚の重ね鍋も作ったので食べてみてください」

『おお〜、気にするでない気にするでない。こうしてお供えしてくれるだけで、儂は嬉しいわい。鍋も一緒とはすまんのう。それじゃいただくぞい』

その言葉とともに淡い光を伴ってお供え物が消えていく。

「澄んだスープの方の鍋は一緒にお送りした瓶に入ったポン酢かゴマダレにつけて食べてください。もう1つの方は味噌味のスープで煮てありますので、そのままどうぞ」

『ほうほう、いい匂いじゃなぁ。食べるのが楽しみじゃわい』

「それからいつもの日本酒のほかに、梅という果実を漬け込んだ梅酒という酒もお送りしましたので試してみてくださいね」

『果実酒か。嫌いではないのう。これも飲むのが楽しみじゃな、ふぉっ、ふぉっ、ふぉっ』

デミウルゴス様のおおらかな笑い声が聞こえてきた。

「それでですね、この前デミウルゴス様から教えていただいた山に行ってみたのですが……」

俺は、山に盗賊王の宝があったことや、その中に同郷の賢者カズの作製した転移の魔道具を見つけたことを話していった。

「デミウルゴス様は、俺にこの転移の魔道具を見つけさせるために山へ行けとおっしゃったんですよね」

こんな物騒なものなかったことにしようと思ったんだけど、よくよく考えてみたら山へ行けと言ったのはデミウルゴス様だし、そうなるとこれを俺に見つけさせるためだったんじゃないかと思ったんだ。

そう考えると、なかったことにというわけにもいかない。

デミウルゴス様の意図としては俺にというか、俺たちに魔族の大陸へ行くようにということかもしれないし。

『う、うむ。それもある』

（転移の魔道具じゃと？　はて、あの中にそんなものあったかのう？）

「やはり……。では、俺たちに魔族の大陸へ行けということなのですか？」

（魔族の大陸じゃと？　転移の魔道具なんぞがあったこともすっかり忘れておったのに、行けと言うわけがなかろうが。しかし、そんなものがあったら、確かに勘ぐってしまうわのう。何と答えた

ら良いものか……。うむ、ここは適当にもっともらしいことを言って何とか切り抜けるぞい）

『そ、そんなことはないぞ。行くも行かぬも、お主の思うままにしたらいい。あれをお主に授けたのはな、えーとじゃな……、ど、同郷であるお主が引き継ぐのが一番じゃと考えたからじゃ、うむ』

「そうなのですか？　では、行かないという選択でもかまわないと」

『もちろんじゃ』

（儂や彼奴《あやつ》らに律儀に供え物をしてくれるお主へのちょっとした礼のつもりじゃったんじゃがのう）

「良かったー。安心しました」

『まぁ、お主は自由に生きるといいぞい。儂らはいつでも見守っているからのう。それじゃあまたのう』

　その言葉とともに神様通信がプツリと切れた。

「ふぅ、良かった」

　デミウルゴス様が言うには俺の自由ってことだから、無理に行く必要はないみたいだし、あれはなかったことにしてこのままフェルたちには内緒だな。

　今晩はぐっすり眠れそうだ。

　布団に潜り込むと、すぐに意識が遠のいていった。

◇　◇　◇　◇　◇

『おい、何をやっているのだ？』

「ん？　ああ、ほら今日は冒険者ギルドへ行くって言っただろ。そこで盗賊王の宝を買い取ってもらおうと思ってるんだけど、その前に魔道具だけは鑑定しておこうかなと思ってさ。それで使えそうなものがあればそのまま持っててもいいかなって」

庭に出て、盗賊王が持っていた魔道具をアイテムボックスから出して鑑定しているとフェルがやってきた。

「ドラちゃんとスイはどうした？」

『昼寝というか朝寝してるな。朝飯を食って腹いっぱいになって眠くなったのだろう』

「はは、平和だなぁ」

『して、もう鑑定はしたのか？』

「この1つだけな」

俺は2メートル角の1枚板に魔法陣が書かれた魔道具を指差した。

「遮音の魔道具だってさ。これを起動すると、ここに書かれた魔法陣の中の音が一切漏れないんだって」

フェルが微妙な顔をしている。

『……そんなもの何の役に立つのだ？』

「まぁ、どうしても聞かれたくない話をするときには役に立つんじゃないの」

一応魔道具だし、高価なものではあるんだろう。

まったく欲しいとは思わないけど。

「他にもあるし、とにかく鑑定してみるよ」

『我も魔道具には少し興味がある。付き合うぞ』

俺とフェルで魔道具を鑑定していく。

微妙なものが多かったが使えそうなものもあった。

石板型の大きめの火の玉《ファイヤーボール》を出す魔道具とか、魔物が寄ってこない魔道具とかは正直使えない。

フェルたちがいるし俺自身火魔法は使えるのに、今更火の玉《ファイヤーボール》を出す魔道具とかいらないし。

魔物が寄ってこない魔道具だって、高ランクの魔物だと効き目は薄いらしいので正直あんまり役に立たないと思う。

見た目が水瓶《みずがめ》の魔道具は、水が湧き出ていつでも満杯になったままの水瓶で、これは使えるからアルバン家に設置するつもりだ。

みんなの食事はテレーザが主体になって作ることが多いようで、女性陣はアルバン家に集まって作業しているようだからな。

井戸からの水くみも一苦労だし、これがあれば少しは楽になるだろう。

あとは箱型の氷の魔道具、いわゆる製氷機みたいなもんもあった。

これは使えるかと思ったんだけど、フェルの鑑定によると作れる量が少ない上に氷になるまで時間もかかるということで買い取りに出すことに。

他の魔道具も俺とフェルで鑑定してみたけど、俺たちにとって役に立ちそうなものはなかった。

水の刃《ウオーターカッター》を出す魔道具とか、魔道コンロとか。

魔道コンロなんて1口しかないうえに、細かな火力の調整が利かないもので、俺が持ってる魔道コンロの足元にも及ばないバッタもんみたいなものだし。

そして、とうとう最後の魔道具に。

相当な年月が経《た》っているはずなのに、少しの劣化も見られない精巧な木彫りの装飾がなされた縦横高さが1メートルくらいの四角い木製の箱。

側面には取っ手のついた扉がある。

これは少し期待が持てるかも。

「これで最後だ」

『これで最後?　もっとあった気がしたのだが』

ギクッ。

例の転移の魔道具はもちろん出してない。

魔道具はそこまで多くはなかったから、気付かれた?

「いや〜、これで最後だぞ」

『そうか、まぁいい。最後は我が鑑定してみる』

「あ、ああ、お願い。フェルの方が詳しく出てくるし」

ふぅ、セ、セーフ。

『…………む、これは食い物を冷やす魔道具みたいだぞ。それによって食い物の劣化を防ぐようだな』

「食い物を冷やすってことは、冷蔵庫か！　魔道冷蔵庫とはね〜。いいじゃんいいじゃん。これは使えるよ！」

『そうなのか？』

「ああ。いろいろ使えるよ。特に肉を漬けダレに漬け込むときなんかは常温放置してたから気になってたんだよな。この国は広いから場所によっては熱いくらいのところもあるしさ。冷蔵庫があれば肉が傷む心配もないよ。それに、プリンとかゼリーとかのちょっとしたデザートもこれでできるな」

『ほうほう、それはいいな。よし、早速それを使って肉を食わせろ』

「早速それを使って肉を食わせろって、今日は予定が詰まってるの。明日な」

『むぅ、約束だからな』

「はいはい、分かりました。んじゃ、冒険者ギルドへ行くか」

◇　◇　◇　◇　◇

久しぶりのカレーリナの冒険者ギルドに俺とフェルで訪れていた。

ドラちゃんとスイはまだ寝ていたいということで家で留守番だ。

「おおっ、戻ってきたのか！」

カレーリナの冒険者ギルドのギルドマスター、ヴィレムさんが出迎えてくれた。

「お久しぶりです。帰ってきました」

「ハハッ、どうよ？　ん？」

フッサフサになった髪を撫《な》で付けて「どうよ？」と聞いてくるギルドマスター。

嬉しくて自慢したいのは分かるけど、ちょっとウザいですよ。

「あー、順調のようで良かったです」

「おうよ。あのシャンプーと育毛剤のおかげで順調も順調よ！　おかげで噂《うわさ》の的だぜ」

何でも俺が街を留守にしている間、ギルドマスターのあまりの変わり様を見て昔馴染《むかしなじ》みの元高ランク冒険者からしつこいくらいに「何を使ってるんだ？」って聞かれるし、中には噂を聞きつけて実際にこの街まで足を運ぶ人もいたという話だった。

ギルドマスターもあまりにもしつこく聞いてくる昔馴染みに困り果てて、ランベルトさんに相談したらしい。

それで、ギルドマスターから見て経済的にも問題がない（要は代金をしっかり払えるってことだな）高ランク冒険者に限りってことで、ギルドマスターを経由して購入できるようになったみたいだ。

ただし、その辺の判断はきっちりするようランベルトさんから念を押されているみたいだけどね。

俺としちゃ【神薬　毛髪パワー】の販売に一役買ってくれてありがたいけど。

「それでですね、今日は帰ってきたことの報告と、ちょっと買い取りしてもらいたいものがありまして」

「まぁた何かやらかしたのか？」

「やらかしたって失礼な。冒険者らしく冒険して得たものですよ」

うん、間違ってはいないぞ。

「ま、いいや。それじゃ俺の部屋で話を聞くか」

ギルドマスターと俺とフェルで2階にあるギルドマスターの部屋に向かった。

部屋に着くと、フェルは我関せずですぐに丸まって寝てしまった。

俺は職員の人が淹《い》れてくれた茶をすすりながら、ギルドマスターにローセンダールの街から帰路に手に入れた盗賊王の宝について話して聞かせた。

「……というわけで、盗賊王の宝を手に入れたのでその中のものをいくつか買い取りに出したいと思って。って、ギルドマスター？」

俺の話を聞いていたギルドマスターはあんぐり口を開けて唖然《あぜん》としていた。

「あの……」

「ハッ、またお前がどエライことしてくれたから我を忘れたわっ。まったく、お前っていうやつは……。盗賊王の宝っつったら昔から数多《あまた》の冒険者が追い求めていた宝だぞ」

ギルドマスターに何だか微妙な顔でそう言われた。

「はぁ、そうなんですか」

としか言いようがないよ。

見つけちゃったからしょうがないでしょ。

しかも、神様の神託があったからだしさ。

「で、何を買い取りに出したいんだ？」

「えーと、盗賊王の宝のほとんどは金貨と宝飾品だったんで、それ以外の武器防具やら魔道具ですかね。宝飾品も買い取りしてもらえるならお願いしたいところですが」

「宝飾品か。買い取ってくれってんなら買い取れないこともないが、ダンジョン都市や王都で買い取りに出した方が利益は出るぞ」

ダンジョン都市ではダンジョンから出る宝飾品を狙って専門の商人が集まっているし、王都はお貴族様が多いこともあって需要が多い。

カレーリナのような地方都市では、宝飾品はそれほど需要が多いとは言えないそうだ。

うーむ、そうなのか。

「それじゃ、ダンジョン都市に行ったときにでも買い取りしてもらうことにします。……そうだ、お願いしたいことがあるんですが」

どうせただで手に入れたものだし買い取りに出すしかないものなら、ここで王様へ献上しておくのも手かなと思った。

その旨ギルドマスターに伝えると、どの道盗賊王の宝を発見したことは王都にあるこの国の冒険者ギルド本部には報告しなきゃいけないようで、本部を通じて王宮にも連絡を取ってくれるとのことだ。

「お前の名前を出しゃあ王宮も嫌とは言わんだろう。で、どんな宝飾品を献上するんだ？」

「候補としてはこの3つですかね」

ミスリル製で大小のダイヤモンドをちりばめたティアラに同じくミスリル製のチェーンに小粒のダイヤモンドがちりばめられた台座に大粒のルビーがはめられたペンダントトップがぶら下がるペンダント、見事な彫金の台座に大粒のサファイヤの載った金の指輪。

この3つとドラちゃんにあげようとしたミスリルのチェーンに大粒のダイヤモンドがついたネックレスが今回手に入れた宝飾品の中でも目に見えて豪華なものだ。

大粒ダイヤモンドのネックレスは、ドラちゃんがいらないと言ってはいたけど嫌いなわけではなさそうだから念のためにとっておくことにした。

「宝飾品についてはまったくの門外漢だが、高そうなことだけは分かるな……。で、どれを献上するんだ？」

ぶっちゃけ3つとも献上してもいいんだよなぁ。

俺はこういう宝飾品に興味ないから、結局金に換えるだけのものだし。

うーん………、よし、引き続きよろしくお願いしますという意味合いを含めて3つとも献上しちゃおう。

「3つとも献上しちゃいます」

「こ、これ全部かっ！　気前がいいなぁ、お前。ま、王様というか王妃様がさぞお喜びになるだろうが」

だろうねぇ。

でも、王妃様を味方につけておくのは悪くないと思うんだ。

どこの世でも女性が強かったりするからね。

この宝飾品を持って王都に行くとなると、さすがにギルドマスター1人でとはいかず、護衛に高ランク冒険者だった教官2人をお供に1週間後に王都へ出発するとのことだった。

余計な手間かけさせたかなと思ったら「うちの支部もお前には儲《もう》けさせてもらってるからな。お安い御用だぜ」と言ってくれたので一安心だ。

献上品はギルドマスターたちが出発する前日に渡すことで話はついた。

その後は、倉庫に移動して武器防具やら魔道具の買い取りをお願いした。

買い取り品の数はそれほどではなかったけど、ものがものなので査定に5日ほどかかるとのことだった。

俺とフェルは冒険者ギルドをあとにして、ランベルトさんの店へと向かった。

◇◇◇◇◇

「こんにちは、マリーさん。ランベルトさんはいらっしゃいますか？」

「あら、ムコーダ様。お帰りなさい」

「今日も大盛況ですねぇ〜」

「フフ、お陰様で。シャンプーや石鹸《せっけん》はこの街の女性にはなくてはならないものになりましたわ。最近では噂を聞きつけて、わざわざ他の街から買いにやってくるお客様もいるくらいなんですよ」

モンスターの蔓延《はびこ》るこの世界で危険を顧みずにやってくるとは、女性の美への執念は恐るべきものがあるな。

「本当は支店でも扱えるといいのですが……」

ああ、仕入れの量を増やしたいってことですね。

そういう話があるということは、シャンプーやらの在庫管理をお願いしたコスティ君にチラッと聞いていた。

かなり売れてるみたいですもんね～。

まぁ俺としちゃネットスーパーで仕入れるだけだからできなくはないけど……。

入れ替え作業をしてもらってるみんなにはちょっとがんばってもらうか。

「どれくらい増やせるか分からないですけど、できるだけがんばってみます」

「本当ですか!?　是非ともよろしくお願いいたします！」

くわっと見開いた目が怖いよ、マリーさん……。

「は、はい。ええと、それで、ランベルトさんはいらっしゃいますか？」

「あら、私ったら話に夢中になってしまって。お引き止めしてしまって申し訳ありませんでしたわ。主人は奥におりますのでご案内いたします」

◇　◇　◇　◇　◇

「……というわけで、王都で育毛剤は飛ぶように売れておりますよ」

俺は、ランベルトさんから王都での【神薬　毛髪パワー】の売れ行きの話を聞いていた。

ランベルトさんが王都へと持参した伯爵様に献上する分の50本のほか、販売用の50本は瞬く間に完売したそうな。

「伯爵様のご紹介を受けて販売しているのにもかかわらずですよ。まぁ、伯爵様を見れば効果のほどは一目瞭然ですからなぁ」

ホクホク顔のランベルトさんがそう言った。

確かにね～。

ランベルトさんによると伯爵様の激変ぶりはそれはそれはすごいらしいから、それだけでも宣伝効果抜群だもんな。

「伯爵様も懇意にされている方々にお分けしているようですが、効果抜群だとおっしゃっていましたよ」

その効果ってのは発毛効果ってことじゃなく外交効果ってことでしょ。

まぁ、頭髪が気になっている人が伯爵様を見たら、そりゃあその伝手《つて》はどうやってもつなぎとめたくなるわなぁ。

とにもかくにも伯爵様は王都の貴族たちの中で一躍話題の人となって、パーティーなどへの招待状も山のように届いたとか。

伯爵様の目論見《もくろみ》どおりというか、ここぞとばかりに伯爵様も方々の貴族家を回って貴族間のコネ作りに存分に勤《いそ》しまれたようだ。

そのおかげか、伯爵様からの紹介とそれに伴う問い合わせがランベルトさんの下へひっきりなしだったという。

これは商機とばかりに、ランベルトさんはすぐにこの街にとんぼ返りして俺が最初に卸した残りを携えてまた王都へと向かったそうだ。

「その残りの100本はあっという間に売れてしまいましたが」

確か1本金貨50枚で売るって言ってたよな。

ランベルトさんはシャンプーと【神薬　毛髪パワー】をセットで売っているみたいだけど。

値段が値段にもかかわらず、貴族を中心に売れまくっているというからなぁ。

それだけ頭髪に悩みを持っている人が多かったということか。

案外領地運営なんかでストレスがかかっているのかもね。

ランベルトさんも今回のことで方々のお貴族様と伝手ができたようで、商人にとってはかけがえのない財産になったと喜んでいる。

「それでですね、是非とも追加でお願いしたいのです」

何でも、伯爵様からも追加の育毛剤を急《せ》かされているうえに、伯爵様から紹介を受けたお貴族様方からの催促も矢のようにやってきているそうで。

ランベルトさんの話では、できるだけ早くに少なくともこの前の倍の200本。

可能なら200本と言わず多ければ多いほどいいとのことだった。

それだけお貴族様方の要望が多いということなのだろう。

「それからですね……」

ランベルトさんによると、伯爵様の奥様とお嬢様が、俺がランベルトさんの店に卸しているシャンプーやらの噂を聞きつけていち早く手に入れ、今では愛用品になっているそうなのだ。

愛用品のシャンプー、トリートメント、ヘアマスク、ローズの香りの高級石鹸は当然王都へも持参されたそうで、奥様とお嬢様の髪は常にツヤツヤサラサラ。

社交シーズンで集まったお貴族様の奥様やお嬢様はそれを見逃すはずもなく……。

「伯爵様の奥様とお嬢様も話題になっているんですね」

「はい。それで、シャンプーやトリートメント、ヘアマスク、石鹸の注文も殺到していまして」

「さっきマリーさんからシャンプーや石鹸の仕入れの量を増やしてほしいと要望があったんですが、王都での注文が殺到していることもあったんですね」

「ええ。この店で売るはずの商品のいくらかを王都の支店へ回しましたので」

なるほどねぇ。

俺がローセンダールの街に行く前にも十分な量を置いていったと思ったんだけど、それでも足りなかったのはそういう理由もあったのか。

ちなみにだけど、ランベルトさんとの取り決めでシャンプーやらの代金の代わりに発行してもらった木札を清算したら金貨2000枚を超えていたよ。

【神薬　毛髪パワー】で儲かっているみたいだから即金で用意してもらえたけどさ。

ランベルトさんとはこれからもいいお付き合いをしていきたいし、こりゃみんなにがんばってもらおう。

人数確保で今回はタバサたちにも付き合ってもらうとするか。

「分かりました。なんとかご要望にお応えできるようにがんばります」

できるだけ早くということなので、ランベルトさんと話し合って明後日《あさって》に納品ということに決まった。

「ああ、それと伯爵様がおっしゃっていたことなのですが……」

伯爵様が、王宮で開かれた晩餐会《ばんさんかい》で王様に俺のことを話したらしいんだよね。

それで、俺とも会ったことを話したらしくてさ。

それを聞いた王様が伯爵様に遠回しに俺にも会わせろ的なことを言ったらしいんだ。

伯爵様は俺がお偉方とのお付き合いはしたくないっていうの知っているから、悩んでおられたそうなんだ。

ましてや俺の従魔にはフェルがいるからね。

無理強いすることもできないしってことらしい。

そんなことしたらフェルがどうなるか分からないからね。

王様もそれは分かっておられるはずなんだけど、伯爵様とは会ってるのに何故自分のとこには来ないんだって思いがあるんだろう。

王様との謁見も何だかんだで遠慮させてもらって結局1度もお会いしてないから、気持ちは分からないでもないんだけどね……。

とは言っても、ラングリッジ伯爵様と会ったのにはいろいろと事情があったわけで。

でもまぁ、今回は大丈夫だと思うんだ。

何せ、盗賊王のお宝豪華3点セットを献上させてもらうんだからさ。

タイミング的にもばっちりだろう。

この国の王様は実を取るタイプと聞いているし、お宝豪華3点セットを献上したうえでの俺の〝これからもどうぞよしなに〟っていう意味合いを汲《く》み取ってもらえると思うんだよな。

今回で献上するのも2回目だしさ。

「ランベルトさん、それなら多分大丈夫だと思います。対策は取りましたから。伯爵様にもそうお伝えください」

「そうですか。それではそうお伝えしましょう」

逆にこれで何かゴチャゴチャ言うような王様なら、家のみんなを連れて隣国へ引っ越すというのも一つの手だろう。

まず大丈夫だとは思うけど。

「それじゃ、明後日にまた来ますので」

「よろしくお願いいたします」

『おい、フェル帰るぞ』

フェルに念話を送ると、クワ～っとあくびをしてのっそりと起き出した。

『ようやくか。腹が減ったぞ』

『はいはい、家に帰ってからね。さすがにドラちゃんとスイも起きて待ってるだろうしさ』

俺はまだ眠たそうなフェルとともに家へと急いだ。

◇　◇　◇　◇　◇

ランベルトさんの店からの帰りに、雑貨店などをはしごして【神薬　毛髪パワー】用の瓶をできるだけ買い集めた。

前に買った手持ちの分と合わせておおよそ1000本ほど集まったので十分だろう。

家に帰った俺はすぐさまトニ一家とアルバン一家に声をかけて、シャンプーやらの詰め替え作業をお願いした。

今日と明日はこの作業にかかりっきりになると思うから、夕飯はこちらで用意させてもらうことにした。

それと、ランベルトさんにはできるだけ多くって話だったので残業みたいな感じで少し遅めの時間まで作業をお願いした。

その代わりと言っては何だが1つだけ欲しいものをプレゼントすると言ったら、トニやアルバンが「滅相もない。こんなにいい暮らしをさせてもらっているのにこれ以上何かしてもらうなんて罰が当たります」と固辞したんだけど、いつもなら家でゆっくりしている時間まで仕事お願いしているんだから当然だよと押し通した。

うちは断じてブラックじゃないからね。

話を聞いていた子どもたちは俄然《がぜん》やる気を出していたけど。

人手が欲しかったから夕バサたちにも同じ条件で声をかけたら、即やるって返事だった。

俺たちが帰ってきたから、というか主にフェルがいることによってだけど、屋敷の警護の仕事も暇を持て余していたようだしね。

こうして詰め替え作業はみんなにお願いして、俺はみんなの夕飯の用意に早めにとりかかることにした。

◇◇◇◇◇

瓶の買い集めに時間をとられて昼飯の時間を大分過ぎてしまいフェルとドラちゃんとスイはブー垂れていたけど、手持ちの作り置きを大量に出してなんとか宥《なだ》めた。

「夕飯はガッツリ食える肉料理にするつもりだから、昼飯はそれで我慢してよ」

『絶対だぞ。約束だからな』

『期待してるぞ』

『あるじー、美味しいお肉料理食べさせてね～』

フフ、大いに期待しててくれたまえ。

作ろうと思ってる料理は肉好きのフェルたちにも満足してもらえるものだと確信してるよ。

俺がみんなに作ろうと思っているのは、ズバリ〝ビーフカツ〟だ。

みんなで食えるからって続けて鍋っていうのもなぁと思ってさ。

それにみんながんばってくれてるから、少し豪華なものにもしたいなって考えてたし。

さて何にしようかなって思ったとき、有り余るほど手持ちにあるのは肉ダンジョンの肉。

肉で豪華にって考えたら、分厚いステーキが真っ先に思い浮かんだけど、それも芸がないかなって思って思いついたのがビーフカツだ。

俺もさ、給料日なんかにたまの贅沢《ぜいたく》で作ってたことあるし。

ステーキとは別にたまに無性に食いたくなるんだよね。

濃厚なデミグラスソースがかかったビーフカツがさ。

しかもだ、ビーフカツを作るときには夕飯にはビーフカツを食って、次の日用にビーフカツサンドも用意しておくのが俺流なんだけど、そのビーフカツサンドが翌日になるとパンに馴染《なじ》んでこれもまた美味いんだよ。

あー、思い出したら口の中に涎があふれてくるよ。

とにかくだ、そういうことで夕飯はビーフカツを作ろうと思う。

そうと決まれば、キッチンに移動してまずはネットスーパーで材料の調達だ。

とは言っても、肉はダンジョン牛の肉を使うし、付け合わせはアルバンからおすそ分けでもらったキャベツとトマトがあるからそんなに多くはないんだけど。

衣用に小麦粉と卵とパン粉、それからソース用にデミグラスソース缶と赤ワインとバター。

ソースに使うケチャップとウスターソースと砂糖は手持ちであるから、とりあえずはこれで大丈夫だな。

精算を済ませると、すぐさま段ボールが現れた。

段ボールの中身を取り出したら早速調理開始だ。

まずは先にデミグラスソースを作っておく。

キマイラのカツを作ったときにも同じ感じでデミグラスソースを作ったけど、さらにコクを出すために今回は赤ワインも使う。

まずは赤ワインを半分くらいにまで煮詰めたら、デミグラスソース缶、ウスターソース、ケチャップ、バター、砂糖を加えて弱火で2分くらい煮込めばビーフカツにかけるデミグラスソースの出来上がりだ。

あとはビーフカツだな。

ダンジョン牛（もちろん上位種だぞ）の肉をちょい厚めに切ったら、塩胡椒《こしょう》を振る。

肉に小麦粉をつけて余計な小麦粉ははらい落とし溶き卵にくぐらせたら、しっかりとパン粉をつける。

あとは高温の油で表面がきつね色になるまで揚げていく。

きつね色に揚がったら、バットの網の上で1、2分休ませて余熱で火を通していく。

あとは食べやすい大きさにカットしてデミグラスソースをたっぷりかければ完成だ。

ゴクリ……。

「我ながら実に美味そうな出来栄えだな」

とりあえず、ここは作り手の権利で味見だな。

では、いただきます。

サクッ――。

「おっほ～、うまっ」

ダンジョン肉もキレイなピンク色のレアな仕上がりで柔らかくてジューシー。

そして、濃厚でコクのあるデミグラスソースに実によく合う。

出来上がったばかりのビーフカツを味見していると、足をつつかれる感覚が。

何だと思って足元を見ると……。

「スイか」

『あるじー、スイにもちょーだーい』

スイちゃん、俺が味見してるってよく気が付いたね。

しかし、スイだけか？

フェルとドラちゃんは？

辺りを見回すが、フェルとドラちゃんはリビングにいてキッチンには来ていないようだ。

「これは味見用だから少しだけだぞ。あと、みんなには内緒な」

『分かったよー。フェルおじちゃんとドラちゃんには内緒ー』

俺は味見用の残っていたビーフカツをスイに出してやった。

『これ美味しいねー！』

「だろ。夕飯に腹いっぱい食わしてやるから、それまでちょっと待っててな」

『わーい。お夕飯楽しみ～』

嬉しそうにプルプル震えながらリビングの方へ去っていくスイ。

「さて、あの分じゃ相当食いそうだし、ビーフカツをしこたま揚げていくか」

それからは揚げ油を取り換えつつ、翌日のサンドに使う分も含めてビーフカツを揚げまくった。

「ふぅ、こんなもんでいいかな。そろそろ、今日の詰め替え作業も終わりにしてもらってもいい頃合いだし」

俺は地下の詰め替え作業場に向かった。

いつもの我が家のテーブルの前に着席したみんなの前には、濃厚デミグラスソースがたっぷりかかったビーフカツが載った皿が鎮座していた。

アイテムボックスに保管していたから当然熱々だ。

付け合わせはアルバンが育てたキャベツの千切りとくし切りにしたトマトだ。

パンはネットスーパーで買ったバターロールを皿に盛って、自由にとってもらうスタイルにした。

フェルとドラちゃんとスイの前には、濃厚デミグラスソースがたっぷりかかったビーフカツが5枚ほど載った皿だ。

付け合わせの野菜はいらないそうだ。

まったくアルバンが作った野菜は美味しいっていうのに。

「みなさんご苦労様でした。それじゃ、いただきましょう」

サクッ——————。

うん、美味い。

味見したから間違いないけど。

って、なんか静かだな。

やけに静かな食卓を見回すと、みんながビーフカツをじっくり噛《か》み締めてうっとりした顔をしていた。

そしてカツを飲み込むと「ほぅっ」と息を吐いてしみじみとそれぞれの言葉で美味いを言った。

「お父さん、お母さん、美味しいねー。ロッテ、こんなに美味しいお肉食べたの初めて！」

「本当だね。こんなに美味しいものを食べられるようになるなんて……」

そう言って涙ぐむテレーザ。

そしてアルバン。

トニとアイヤももらい泣きしている。

いやいや、泣くことじゃないでしょうよ。

「ムコーダさんが振舞ってくれるもんはどれも美味しいけど、今日の分厚い肉は格別だもんね」

タバサがそう言うと、元冒険者の面々もうんうんと頷いている。

「まぁまぁ、そんなしんみりしないでどんどん食ってよ。おかわりもあるからさ」

俺がそう言ってすぐさま反応したのはお調子者の双子。

「何っ、おかわりしていいのか!?」

「よっ、太っ腹！」

「おかわりしてもいいけど、明日もがんばってくれよな」

「「分かってますって」」

『おい、おかわりだ！　お主が自信ありげに言っていただけあって美味いぞ！』

『俺もおかわり！　この濃厚な味のソースがめっちゃ肉に合うな！　美味いぜ！』

『スイももっと食べるー！』

「はいはい。ブフッ」

フェルとドラちゃん、口の周りがデミグラスソースだらけだよ。

ハハ、あとで拭いてあげなきゃね。

第四章　ちょっとほっこり＆え、そゆこと？

今日もみんなには朝から詰め替え作業に従事してもらっていた。

午前中は俺も作業を手伝った。

昨日と今日の午前中で、【神薬　毛髪パワー】もシャンプーやらもある程度の量は確保できたのでホッとしたところだ。

これならば午後はそこまで根を詰めて作業しなくても大丈夫だろう。

作業のキリのいいところでみんなに声をかけて昼飯にすることにした。

メニューは、昨日作ったビーフカツを使ったビーフカツサンドだ。

軽く焼いた食パンにバターと和がらし（スイと子どもたちがいるので少なめだ）を塗って、その上にとんかつソースを絡めたダンジョン牛のビーフカツを載せてパンで挟んだら、ギュッと押さえて馴染《なじ》ませる。

ただそれだけの実にシンプルなビーフカツサンドだ。

しかしながらこれが美味《うま》い。

ちょっといい肉を使ったビーフカツで作るならキャベツやらレタスやらはなしのこの作り方が個人的には一番だと思っていたりする。

ロッテちゃんがニコニコ顔でビーフカツサンドにかぶりついていた。
「美味《おい》しいね！」
オリバー君とエーリク君、コスティ君にセリヤちゃんも笑顔でパクついている。
やっぱり子どもたちにはこれくらいガッツリ食えるものが人気なんだろう。
とは言え、大人たちも実に美味そうに食っているけど。
まぁ、自分で作っておいて何だけどこのビーフカツサンドは美味いからね。
フェルとドラちゃんスイも夢中でパクついている。
『おい、おかわりだ』
『俺にもくれ！』
『スイもおかわり～』
早っ。
気に入ったのは分かるけど、みんな食うの早いって。
ここは多めに出しておくか。
皿の上に出来上がったビーフカツサンドの山。
それを出してやると、嬉々《きき》としてガッつき始めるフェルとドラちゃんとスイ。
「はぁ～、しかし昼間っからこんな美味いもんが食えるとは最高だよなぁ」
アーヴィンがしみじみとそう言うと、特に元冒険者組が同意するように頷《うなず》いていた。

「冒険者稼業やってたら、昼飯食える方が少ないからなぁ」

続くルークのその言葉に元冒険者たちは「そうだよな」と言い合っている。

え？

俺も一応冒険者だけど、毎日三度三度しっかり食ってるぞ。

忙しくって時々は昼飯なしのときもあるけど、そういうときはフェルたちから大ブーイングだからな。

それを避けるためにも飯抜きは極力避けて、しっかりと飯の時間は確保するようにしてるし。

「依頼中はほぼ携帯食で済ませることになるしのう。護衛なんかの長期の依頼中は最悪じゃった……」

顔を顰《しか》めながらバルテルがそう言った。

「携帯食ってものすごく不味《まず》いよね……」

ペーターが静かにそう言うと、元冒険者たちが深く頷いている。

俺も携帯食の存在は知っていた。

ネットスーパーという便利スキルがある俺には無縁のものだったけどね。

小麦を練って焼いたものだとは聞いているけど、とにかく激マズだそうだ。

それでも簡単にエネルギーを補給できるものとして、旅をする者や冒険者たちには欠かせないものだというけど。

「あれって食うと口の中の水分全部持ってかれるよなぁ。ボソボソしたのが口に残って不味いのなんのって」

「アーヴィンの馬鹿垂れ、最高に美味しいもの食べてるってのにどうしようもなく不味い携帯食の味思い出させるんじゃないよっ」

余計なことを言ったアーヴィンがタバサにバチコンッと頭を叩《たた》かれる。

「痛っ、あにすんだよ！ってか、ムコーダさんも冒険者ならあの携帯食の不味さは分かるだろ？」

アーヴィンよ、何故《なぜ》そこで俺に振る？

「い、いや、あのな……」

しどろもどろになっていると、元冒険者組はもちろんアルバン一家やトニ一家からも注目されていた。

「えーっと、携帯食があるのは知ってたんだけどな、買う必要もなかったというかさ……。ほら、俺の場合は不味いって分かってるものを買うわけにはいかないじゃん」

俺はそう言ってフェルとドラちゃんとスイを見た。

不味いものなんて出そうもんなら……。

もしかしたらフェルなんて暴れ出すかもしれないよ。

伝説の魔獣と言われているフェルが暴れたりしたらさ……。

ブルッ。

考えたくもないね。

『不味いものだと？　そんなものを出したら……、お主、分かっておろうな？』

耳ざとく聞いていたフェルが胡乱《うろん》げな目をしてそう俺に言った。

「も、もちろんだよ。今まで不味いものなんて出したことないだろ？」

『フン、分かっているならいい』

俺とフェルとのやり取りを聞いていたみんなが「ああ～」というような納得顔をしていた。

「ムコーダさんも案外苦労してるんだなぁ」

みんなを代表するかのようにルークがそう言った。

まぁフェルとドラちゃんとスイがいてくれてすごく助かっているけど、飯に関しては多少ね。

ほら、うちのみんなはこう見えてみんなグルメだからさ。

◇　◇　◇　◇　◇

フェルから『魔道冷蔵庫を使った料理はどうした？』と急《せ》かされて、から揚げにすべく醬油《しょうゆ》ベースのタレと塩ベースのタレにコカトリスの肉を大量に漬け込んで魔道冷蔵庫に仕込んだところで、アイヤから声がかかった。

「ムコーダさん、頼まれていたものが全部終わりました」

「おお、もう終わったのか。ご苦労さん」

地下室に行って確認すると、きれいに瓶詰めされて木箱に並べられた【神薬　毛髪パワー】とシャンプーやらがたっぷりと入った壺《つぼ》やら石鹸《せっけん》が隙間なく入った木箱やらが大量にあった。

【神薬　毛髪パワー】は別として、シャンプーやら石鹸やらは少なめにみても数回の納品分はあるんじゃないかな。

とりあえず明日ランベルトさんに納品する分として十分だろう。

みんなにリビングに集まってもらって、約束だった欲しいもののリクエストを聞いていくことにした。

「みんなご苦労様。約束だった1つだけ欲しいものをってのを聞いていくぞ。何がいい？」

俺がそう言って最初に手を挙げたのは、やはりというか物怖《ものお》じしないロッテちゃんだった。

「ハイハイハイッ、ロッテ甘いものがいい！」

両親であるアルバンとテレーザは苦笑いしてるけど、約束は約束だからね。

「甘いものか、ちょっと待っててね」

ネットスーパーを開く。

甘いものというと菓子だな……、お、飴《あめ》なんていいかも。

これなら長く楽しめるしもってこいだな。

へ～、昔懐かしいこんなのも売ってるんだ。

見つけたのは昔懐かしい缶入りドロップだった。

よくある個包装よりこっちの方が何が出てくるのか楽しみもあるしいいかも。

よし、これにしよう。

「はい、これね。えーと、これはここのフタを開けて……」

缶のフタをパカンと開けた。

ロッテちゃんのちっちゃな手のひらにドロップを1つ出した。

「ロッテちゃん、手を出して」

「うわぁ、キレイ～」

「口の中に入れて舐《な》めてごらん」

俺がそう言うとロッテちゃんがポイっとドロップを口の中へ。

「甘くておいひぃ！」

「だろ。この缶の中にいろんな味のが入ってるんだよ。美味しいからって、食べ過ぎないようにな」

そう言ってロッテちゃんにドロップの缶を渡すと大喜びしている。

「次は誰かな？」

そう言いながらみんなを見渡すと、何か言いたげにもじもじしているセリヤちゃんが目に入った。

「セリヤちゃん、何が欲しい？」

「えっと、あのっ、ちょっと待っててください」

そう言ってセリヤちゃんが部屋を飛び出していった。

そして少しして戻ってきたセリヤちゃんの手には、俺がローセンダールに行く前に渡したノートがあった。

「これが欲しいですっ」

「あれ、もう使い切っちゃったの？」

セリヤちゃんからノートを見せてもらうと、字の練習に使ったのかびっしりと文字が書きつけてあった。

それこそ余白部分まで余すことなくすべて使い切ったノートを見てちょっとほっこりした。

「こんなに隅の方まで使うなんて、勉強がんばったんだなぁ」

俺がそう言うと、セリヤちゃんが少し恥ずかしそうにしていた。

「あ、あのっ、僕も同じものがいいです！」

「ぼ、僕も！」

そう言ったのはロッテちゃんのお兄ちゃんのオリバー君とエーリク君だ。

2人も勉強がんばっているみたいだな。

ふむ、それならば……。

「はい。筆記用具一式ね」

3人に渡したのは、ノート10冊組と鉛筆1ダース、それから消しゴム3個組の筆記用具一式だ。

ノートをあれだけ使っているなら鉛筆も消しゴムも相当使っているはずだからね。

1つとは言ったけど、筆記用具一式とまとめてしまえば1つだ。

ノートや鉛筆、消しゴムはちゃんとまとめてパッケージされているし、何の問題もない。

俺が問題なしと言えば問題ないのだ。

「あの、僕にも同じものをください」

先生役であるはずのコスティ君も筆記用具一式を所望した。

何でもみんなに教えていて、自分もまだまだだと感じて勉強しなおしてるんだってさ。

偉いね〜。

俺の学生時代なんて勉強はテストの前に仕方なくするくらいだったっていうのに。

みんないい子たちだよ、うん。

「あのっ、俺も同じものもらってもいいですか？」

「ん？　ペーターもそれでいいのか？」

そう聞くとコクンと頷くペーター。

「勉強、楽しい。知らないことを知れるのは嬉《うれ》しいし」

そういやペーターは勉強がんばってるって話だったな。

うんうん、いいことだ。

ペーターにも筆記用具一式を渡した。

「次は……、トニ、アイヤ、アルバン、テレーザ、何がいい？」

最初はトニもアイヤもアルバンもテレーザも遠慮していたけど、そうもいかない。

約束だし、もらった人ともらわない人が出てくるというのも不公平だしな。

何でもいいからと言ってようやく聞きだしたところ、トニはちょっと太い枝を切るときに使える鉈《なた》を、アイヤは大きめのフライパン、アルバンは畑を耕すクワ、テレーザは大きめの鍋ということだった。

アルバンにクワと言われて、はてあったのではと思ったら、あるにはあるがどうも1本根元からポッキリと折れてしまっているそうなのだ。

他のものも使えなくはないが、どうもあまり状態が良くなくガタがきているという。

なのでできるなら丈夫なクワが欲しいとのことだった。

うーん、こりゃ買ったときのもの自体が良くなかったのかもしれないな。

フライパンと鍋はキッチン用品としてあるだろうけど、鉈とクワはネットスーパーに置いてあるか心配だったけど、問題なかった。

園芸用品のコーナーにちゃんとあったよ。

ネットスーパーの品揃《しなぞろ》えも馬鹿にできないなと改めて思ったね。

アイヤのフライパンはフッ素加工された焦げ付きにくく手入れも簡単な大きくて深めのフライパ

ン、テレーザにはステンレス製の丈夫そうな大きめの鍋を購入。
トニの鉈とアルバンのクワは1種類ずつしかなかったから選べなかったものの、ものは悪くないと思う。

みんなそれぞれのものを手にして嬉しそうだしね。

さて、最後はタバサと双子とバルテルだな。

何となく何が欲しいのか想像がつくけど。

聞いてみると……。

「儂《わし》は当然酒じゃな！　前にもらったあの強い酒がいいぞい」

「俺も酒がいいな！　ビールってやつがいい」

「俺も同じ。ビールって酒、最初は苦いって思ったけど、不思議とだんだんあれが美味く感じてくるんだよなぁ」

バルテルと双子は思ったとおり酒だな。

「タバサは？」

「えっと、あの、アタシは……、ランベルトさんとこで売ってるシャンプーとトリートメントってのがほしいです」

あら？

タバサも酒だと思ってたけど違ったわ。

俺が支給してるのはリンスインシャンプーだし、もっと髪をいたわってサラサラ艶々にしたいならシャンプーとトリートメントが欲しいっていうのも分かるな。

「分かった。バルテルとアーヴィンとルークは酒で、タバサはシャンプーとトリートメントだな」

ネットスーパーを開いて目的のものを購入していく。

タバサのシャンプーとトリートメントはランベルトさんのところと同じものっていうのも特別感がない気がしたから、同じ位の値段で違うメーカーのものを選んでみた。

ランベルトさんのところに卸しているものと同じく昔からあるブランドだけど、こっちはより髪のまとまりに重点をおいたものだから、毛量が多そうなタバサにもいいんじゃないかな。

香りもフルーティーフローラルないい香りだし。

「プッ、姉貴ってば色気づいて。見てたら気付いたけどぺー「あっ、バカッ!」」

タバサをからかうようなことを口にしたアーヴィンの口をルークが塞ぐ。

バカだね～、タバサが般若《はんにゃ》みたいな顔になってるぞ。

「アーヴィン、ルーク、あとで話があるからね」

「ちょっ、何でっ!? 俺何も言ってないよね?」

「お黙りっ! 連帯責任だよっ」

「何だよそれ～。テメーが余計なこというからだぞっ」

ルークが不貞腐《ふてくさ》れてアーヴィンの頭を叩いた。

「いやぁ～悪い悪い。でもよ、ついな。姉貴のあんな姿見んの初めてじゃね？　初恋した乙女かっての、ハハハハハッ」

「ククッ、いや気持ちは分かるけどな、そこは黙っててやるのが弟ってもんだろ」

「アーヴィーン、ルーーーク、ちょっと黙ってようか……」

「タ、タバサ？」

気持ちは分かるけど落ち着け。

ってか、初恋って、え、君、恋してるの？

誰に？　と思っていると、タバサが頬を赤らめてチラチラとペーターを見ていた。

え、そゆこと？

ま、まぁ、うちは恋愛は自由だから。

それに、俺は人の恋路を邪魔するような野暮な男でもないからね。

まぁ、どっちもいろいろとガンバレ……。

◇　◇　◇　◇　◇

ランベルトさんへの納品はつつがなく終わった。
【神薬　毛髪パワー】を１０００本納品したところ、ランベルトさんが歓喜していたよ。

これだけあれば少しは落ち着けるだろうってさ。

シャンプーやらもいつもの納品の倍を納品した。

これについては、在庫もあるから言ってもらえればまた納品しますと伝えてある。

受け取った代金については、うん、すごい金額になった。

小さい袋ではあるけど、何とも言えない光を放つ白金貨が袋いっぱいに入ってたよ。

ランベルトさんは【神薬　毛髪パワー】とシャンプーやらを携えて、近日中には王都に向かうらしい。

ちゃっかりというか、冒険者ギルドのギルドマスターとも渡りをつけて一緒に向かうそうだ。

ギルドマスターとお供の教官2人が一緒ならば護衛としては頼もしいだろう。

ランベルトさんのところが懇意にしている〝フェニックス〟にも護衛をお願いしてるようだし、王都へ向かう旅も心配ないのではと思う。

フェニックスにとってはお偉方が一緒だから気の抜けない旅になるかもしれないけどね。

そんなわけで、ランベルトさんとの取引を終えて家に帰る途中なわけだが……。

『おい、もうそろそろいいのではないか？』

隣を歩くフェルから念話が入る。

『もうそろそろって何が？』

通りを歩いているから、他の人が怪しまないよう俺も念話で話した。

『ダンジョンに決まっておろう』

『隣の国にあるっていう難関ダンジョンだな』

『うむ。この間のダンジョンは美味い肉が手に入ったのはいいが、歯応えがなかったからな』

クッ……、フェルもドラちゃんもやっぱり忘れてはくれなかったか。

『ダンジョン～』

ダンジョンと聞いてスイも鞄《かばん》の中でモゾモゾと動いている。

『これで用も済んだのではないか？　なら次はダンジョンだろう。難関と言われてるそうだからな、楽しみだぞ』

『だよなー。早くダンジョン行こうぜ！』

『スイもダンジョン行きたいー！』

難関ダンジョンだというのにフェルもドラちゃんもスイも行く気満々だ。

せっかく手に入れた自宅だし、俺としてはこの家でもう少しゆっくりしていたいのが正直な気持ちだ。

「い、いや、あのね、ほら、えーと……、そ、そう、この間冒険者ギルドに魔道具の買い取りをお願いしたのがあるからさ、すぐってわけにはね」

『む、あれなら5日後と言っていたぞ。あの日からだと……、あと3日だな』

チッ、フェルってばしっかり覚えてたのか。

『いや、ほら、いろいろと用意とかあるし』

『3日あればできるだろう。事が済み次第出発だ。いいな？』

『……はぃ』

フェルの強硬発言に嫌とは言えなかった。

不覚。

3日後にダンジョンに向けて出発することが決まって、ドラちゃんとスイは大喜びだったけどね。

◇◇◇◇◇

ダンジョン行きが決まり、しょうがないって言ってはあれだけど、せっせと旅の間の飯作りに時間を費やした。

これを怠るとフェルたちから何を言われるかわからんからね。

今回は隣国まで出向く長旅でもあるし、特に入念に準備をした。

その合間を縫って、家のみんなに日用品やらも支給した。

今回もこの間のローセンダール行きと同じ3か月の予定で、だいたい同じくらいのものを支給。

みんなからは「前回のも残っているから少なめで大丈夫」という話もあったんだけど、多いに越したことはないと思ってそのまま支給した。

家のみんなの食を預かるアイヤとテレーザに3か月分の食料（肉やら調味料）も渡したし、小麦粉やら裏の畑で採れない野菜やらを買う金も渡してある。

アイヤとテレーザからは「前の分も残ってるのに……」と呆然《ぼうぜん》とされたけど、まぁこれも多いに越したことはないからね。

マジックバッグも預けているし、腐る心配はないからさ。

あとは、双子とバルテルの強い希望で酒も少し渡したら3人して小躍りしてた。

とりあえず「飲み過ぎるなよ」とは注意したけど、どうなることやら。

まぁ、ストッパーのタバサがいるから心配はないと思うけどね。

勉強会は当然そのまま続行してもらうようにした。

子どもたちとペーターがすごいヤル気だしね。

タバサもその面倒見の良さで先生としての評判もすこぶるいい。

子どもたちに聞いたら、分からないところは親身になって教えてくれるらしく、みんな「タバサ先生大好き」って言ってたな。

タバサが子どもたちから「タバサ先生」って言われてちょっと照れてたけど満更でもなさそうだったよ。

そんなことで、旅の準備もしたし家のことも心配ないだろう。

極端な話、家のみんなには報酬の前払いも済ませてあるから、もし何かあっても何とかなるだろうしね。

あと残っているのは、月一のお勧め。

昨日のうちにリクエストは聞いてあるから、あとはネットスーパーで調達するだけだ。

とは言っても、いつもと変わりないんだけどね。

ニンリル様は不三家のケーキって騒いでたな。

しかも「限定ものじゃぞ！」と念押ししてきたな。

ということで、早速不三家のメニューを開いた。

お、ちょうどひな祭りフェアをやってるな。

日本はそんな時期なのか。

そして目をつけたのは、お内裏様とお雛様《ひなさま》のマジパンと黄桃やら白桃が載った豪華なショートケーキ。

それからお内裏様とお雛様が描かれたホワイトチョコのプレートが載ったチョコクリームたっぷりのチョコレートケーキ。

あとはイチゴのコンポートがたっぷり載ったイチゴのタルト。

もちろんすべてホールケーキだ。

そのほかは適当にカットケーキを10個くらいとお馴染みのどら焼きやスコッチケーキの詰め合わせなんかを用意した。

これだけあれば十分だろう。

十分なのか？

まぁそこのところはニンリル様に自重しながら1か月保《も》たせてもらうしかないだろう。

しかし、大きなお世話だがこの間も身内の神様たちに太ったと言われていたんだけど体重は大丈夫だろうかね？

ま、まぁ、その辺も自己責任ということで。

次はキシャール様だが、当然美容製品だ。

ちょうど1か月で化粧水等のスキンケアラインが使い終わりそうだということで、洗顔フォーム・化粧水・クリームのスキンケア一式。

それから前にお渡しした美容成分がたっぷり入ったプレミアムな美容液がことのほか気に入ったということでこれをリピート購入。

あとは最近少しお肌のくすみが気になるというので、くすみの原因の毛穴の奥にたまった皮脂などの老廃物を取り去るのに効果的だという泥パックも購入。

これもちょっとお高めではあるが、泥を使ったパックなのにお肌にも優しいと評判みたいなので満足してもらえるのではと思う。

お次はアグニ様の分で、いつもと同じくビールだ。

アグニ様のためには地ビールセットと海外産地ビールセット、それからいつものS社のプレミアムなビールと同じくS社の黒いラベルのビールとYビスビールを箱で。

それからこの間お渡ししたホットドッグがいたく気に入ったようで、再びのリクエストがあったから急遽《きゅうきょ》今日作ったよ。

あとは「適当にビールに合う食いものをくれ」って話だったから、旅の間の飯として多めに作ったビーフカツやらトンカツ、メンチカツ、から揚げなんかの揚げもの類を献上する予定だ。

ルカ様からはいつものようにアイスとケーキ。

どうもルカ様はいろんな種類が食べられるカットケーキがいいみたいなので、不三家でもカットケーキを中心に選んだ。

アイスに関しては不三家とネットスーパーでカップアイスを中心にいろんな味とメーカーのものをそろえてみた。

そのほかにルカ様からは鍋をリクエストされた。

鍋は俺たちを覗《のぞ》いていて食いたくなったんだってさ。

コカトリスのトマト鍋と白菜とダンジョン豚の重ね鍋をご所望だったから作ったよ。

フェルたちが「飯か？」って涎垂《よだれ》らしながらスタンバッてたのには困ったけど。

そして最後は酒好きコンビことヘファイストス様とヴァハグン様の分。

ご所望はもちろんウイスキー。

なんか、もうウイスキー《命の水》なしでは生きていけないとかなんとか騒いでたよ。

いつもの世界一のウィスキーを1本ずつは変わりなく、あとはお任せということだった。

もちろん今回も〝リカーショップタナカ〟頼み。

〝リカーショップタナカ〟でいろいろ見ていると、ランキングで絞り込みが可能なことを発見した。

試しにウイスキーのランキングの中でスコッチウイスキーで絞り込んでみると、スコッチウイスキーが画面に並んだ。

いくつかは見覚えがあるので購入して既にお渡ししているが、まだまだ未購入のものも多い。

今回はこの中から人気が高い順に選んでみた。

まず選んだのが、海藻やコケが多く含まれるピートを使っていることで個性的な香り、消毒剤や正〇丸みたいな香りだと言われてるようでとても美味そうな酒には思えないけど根強いファンがいるらしく人気のウイスキー。

次がアメリカでスコッチといえばこれというくらいで、アメリカでのシェアがナンバー1のウイスキーでハイボールにすると美味いとあった。

お次が本場スコットランドで一番売れている銘柄で国際的なコンクールでも金メダルを受賞しているウイスキーで、ストレートかロックで飲むのがおすすめだそう。

次はチョコレートやビスケットを想《おも》わせる余韻のウイスキーで、ちょっとお高めながら箱入りで贈答品としても人気とか。

お次は3匹の猿のモチーフが特徴的なボトルの3つの蒸留所で作られたシングルモルトウイス

キーをブレンドしたトリプルモルトウイスキーで、ウイスキーが苦手な人にも飲みやすいという。

この上位5本のウイスキーのほか、画面を見ながらいくつか選んでいった。

ついでと言ってはあれだけど、デミウルゴス様のお供えももうそろそろだったので一緒に選んでしまった。

もちろん日本酒。

今回は九州の日本酒の3本セットにしてみた。

それと九州ということで、芋焼酎なんてどうかと思って2本ほど選んでみた。

1本は、黒麹《くろこうじ》仕込みで旨味《うまみ》の強い味わいとスッキリとした後味かつ手に入りやすいことから芋焼酎ファンからの支持も熱いという芋焼酎。

もう1本は、三国志に登場する名馬が名前の由来だという芋焼酎で、重厚でしっかりした味わいが魅力だという芋焼酎だ。

あとはいつものプレミアムな缶つまセット。

芋焼酎をちびちびやりながら缶つまをつつく……、いいかも。

って、それはいいとして、神様ごとにまとめた段ボールも到着している。

あとは今夜お渡しすれば完了だな。

明日は冒険者ギルドで魔道具の買取代金を受け取ったあと、そのまま隣国のダンジョンへ向けて出発だ。

あ～、もう少しゆっくりしたかったなぁ……。

◇◇◇◇◇

その日の夜、昼間のうちに用意した神様たちのお供え物の受け渡しをする。

「まずはニンリル様ですね」

ニンリル様の段ボールをアイテムボックスから取り出してテーブルの上に置くと同時に淡い光とともに消えていった。

ちょっとちょっと、消えるの早すぎやしないか？

『ケーキィィィイッ、やっとやっとなのじゃーっ』

その声とともにビリリッと段ボールを開ける音。

『ハァ……。ニンリルちゃん、あなた前回と同じじゃない』

『だなぁ。ってか分かってるなら一気食いしないで次まで保たせりゃいいのにな』

『……おバカ過ぎる』

『彼奴《あやつ》、学習能力がないのう』

『まったくだ』

神様たちの呆《あき》れた声が聞こえてくる。

ニンリル様ェ……。

『あら、学習能力がないって、あなたたちにも言えることじゃないかしら？』

『そうだな。ウイスキーはまだかって言ってるのよく聞くしよ』

『……ハァ』

酒好きコンビへ女神様たちからの突っ込みが入る。

『うっ』

『ギクッ』

『た、確かに最後の方にはウイスキーを切らしちまうけどな、彼奴よりはマシだと思うぞ』

『そ、そうだっ。あいつほどひどくはない』

へファイストス様、ヴァハグン様、それ同じ穴の狢《むじな》だと思うんだ……。

『お、おいっ、次だ次。ムコーダよ、次へ行け』

あ、逃げた。

まぁいいか。

はいはい、次ですね。

「次はキシャール様ですね」

キシャール様用の美容製品の詰まった段ボールをテーブルに置いた。

『うふふ、待ってたわよ～。ありがとうね～』

「あ、最近少しお肌のくすみが気になるということだったので、泥パックを新たに入れておきました」

『泥パック？』

「はい。何でも美容にいい泥を使ったパックで、くすみの原因の毛穴の奥にたまった汚れを取り去ってくれるとのことです。目の周りを避けて塗って15分くらい置いてから洗い流してください。そうそう、入浴中にするのがおすすめだそうですよ」

『へ～、ちょうどこれからお風呂だし早速やってみるわ』

ビリビリって音がするから、キシャール様もその場で中身チェックしてるみたいだね。

泥パックは初めてだから気になったんだろうな。

「それでは次はアグニ様です」

ビールの詰まった重量のある段ボールを置いた。

『待ってたぜー。ビール、ビール～。あんがとな！　さぁて、帰って早速ビール飲むぜ！』

ドタドタと足音が聞こえた。

あらら、アグニ様はさっさと行ってしまったようだ。

まったく自由な神様たちだな。

『次は私』

「はい、ルカ様ですね」

アイスとケーキの入った段ボール。
その上にネットスーパーで買った土鍋に用意した鍋だ。
フタをかぶせてあるからあとは火にかけて煮てもらうだけになっている。
『アイスとケーキ。お鍋は明日食べる。ありがと』
タタタタタと足音が聞こえたからルカ様も行ってしまったようだ。
『次は儂たちじゃな！』
『ウイスキー、ウイスキー』
酒好きコンビのウキウキとした野太い声。
ホント、好きだねぇ。
「今回はスコッチウイスキーを中心に選んでみました」
『いつものは入ってるのか？』
「もちろんお2人がお気に入りの世界一のウイスキーも入ってますよ」
『さすが分かっとるのう』
『うんうん』
「それじゃどうぞ」
『感謝するぞい、ムコーダ！』
『ありがとよ！』

『よしっ、今夜は飲むぞ～戦神の！』

『あたぼうよ！　鍛冶神の！』

ドッタンドッタンという足音とガハハと酒好きコンビの上機嫌な笑い声が遠ざかっていく。

ふぅ、終わったな。

『ねぇねぇ、ちょっと聞きたいんだけど』

ん？

この声はキシャール様か？

あれ、まだ撤収してなかったんだな。

『ちょーっと聞きたいことがあったから待ってたのよ』

「聞きたいことって何ですか？」

『今のあなたのレベルよレ・ベ・ル。急かすわけじゃないんだけど、次のテナントもうそろそろじゃないのかしら～って。ほら、他のみんなは希望のテナントが入ってるから万々歳なわけじゃない。でも私の場合はねー……』

ああ、そうかテナントか。

そういや最近ステータス確認してなかったな。

言われてみりゃ、確かにキシャール様の希望のテナントだけが入ってないもんな。

気にもなるか。

「しばらく確認してないんで確認してみますね。でも、そんなに戦闘はしてないからたいして上がってないと思いますけど……。ステータスオープン」

【名　前】ムコーダ（ツヨシ・ムコウダ）
【年　齢】27
【種　族】一応人
【職　業】巻き込まれた異世界人　冒険者　料理人
【レベル】78
【体　力】467
【魔　力】460
【攻撃力】449
【防御力】441
【俊敏性】365
【スキル】鑑定　アイテムボックス　火魔法　土魔法　従魔　完全防御　獲得経験値倍化
　従魔（契約魔獣）　フェンリル　ヒュージスライム　ピクシードラゴン
【固有スキル】ネットスーパー

《テナント》不三家　リカーショップタナカ
【加　護】風の女神ニンリルの加護（小）　火の女神アグニの加護（小）
土の女神キシャールの加護（小）　創造神デミウルゴスの加護（小）

確か前に確認したときはレベルが77だったから1つ上がったのか。

「レベル78になってますね。1つだけ上がってました」

『そのようね。確か次はダンジョンに行くんだったわよね？』

「ええ。不本意ながら……」

『不本意かどうかは知らないけれど、次のテナント解放のレベル80になる可能性は高いわよね』

「ダンジョン潜ったあとはレベル上がりますからね。その可能性は高いかと思います」

『もし、もしよ、ドラッグストアが出たら、そのときはお願いっ』

美容製品命のキシャール様なら、そりゃあそうだよなぁ。

まぁ、ドラッグストアならいろいろ売ってて便利だし、選択肢にあった場合は選ぶのもやぶさかではない。

入浴剤なんかもネットスーパーよりも種類も豊富になるだろうから、風呂好きの俺としては嬉しいところだし。

ドラちゃんとスイも風呂が大好きだから喜びそうだな。

「選択肢にあった場合はですからね」

『もちろんその辺は分かっているわよ～。あとは選択肢にドラッグストアがあるのを祈るばかりね』

ハハ、女神様なのに祈るんだね。

『それじゃ、そのときはお願いね』

「分かりました」

3つ目のテナントか。

さて、何が選択肢に出るのやら……。

「みなさん散ったかな？　最後はデミウルゴス様に……」

『ホッホッホ、お呼びかな？』

「うおっ……」

早いよ、デミウルゴス様。

「ええと、いつもの日本酒とおつまみです。お納めください。それから、今回は芋を原料とした芋焼酎も入れてみましたのでそれもどうぞ」

『芋の酒とな。それは楽しみじゃ。彼奴らのも含めて、いつもすまんのう』

「いえいえ、みなさまの恩恵にあずかっていますのでこれくらいは」

『そうか。今度、ダンジョンに行くそうだな？』

「はい」

『20階辺りをよーく探してみるとええことがあるかもしれんのう。フォッ、フォッ、フォッ』

え、20階？

ええこと、か。

デミウルゴス様の話だから頭に置いておこう。

◇◇◇◇◇

翌朝、いよいよ隣国のダンジョンに向けて出発だ。

みんなに見送られて家をあとにした。

そして、冒険者ギルドに寄って魔道具の買取代金を回収。

押しなべて旧型ということもあって、高額買い取りとはいかなかった。

何せ貯《た》め込んだ盗賊王自体ウン百年前の人なんだから。

ま、しょうがないね。

冒険者ギルドに寄ったあとは、まっすぐ門へと向かう。

すぐにでも向かいたいフェルたちの手前寄り道は厳禁だ。

そして……。

『いよいよ難関ダンジョンか。早く潜りたいものだ』

『ああ。どんな魔物が出るのか楽しみだな！』

『スイもダンジョン楽しみ～』

「いやいや、まだだからな。その隣国のダンジョンまでの行程を調べたら、けっこうな距離あるんだから。ローセンダール、この間の肉ダンジョンがある街だな、あそこよりも遠いみたいだぞ」

『フ、そんなもの我の足にかかれば造作もない。すぐにたどり着いてみせるわ』

「え？　すぐにって、待て待て。俺はいつものようにフェルの背中に乗せてもらえるんだよな？」

『む、お主がいたか。まぁ、考慮はする』

「お、おい、考慮はするってどういう……」

『スイはいつものとこにいるな』

『うん、いるよ～』

『ドラは我の速さにも付いてこれるから問題ないな』

『もちろんだぜ』

『よし。では、隣国ダンジョンに向けて出発だ』

俺を乗せてグングンとスピードを増すフェル。

「エ……、ちょっ、ちょっ、考慮はっ⁉」

『考慮したうえでこの速さだ』

「全然考慮してないだろうがぁぁぁぁぁぁっ！　おわぁぁぁぁぁぁっ」

あさおきたら、おかあさんとあいやおばちゃんがつくったあさごはんをたべます。

おとうさんおかあさん、おりばーおにいちゃん、えーりくおにいちゃん、とにおじちゃん、あいやおばちゃん、こすてぃおにいちゃん、せりやおねえちゃん、たばさせんせい、おひげのおじちゃん、おっきいおにいちゃんたち。

みんなといっしょにたべます。

むらにいたときはあんまりたべられなかったけど、ここではおいしいごはんがいっぱいたべられます。

おかわりもできるから、とってもうれしいです。

あさごはんをたべたら、おてつだいをします。

きょうはおとうさんのはたけのおてつだいをしました。

おっきなとまとがいっぱいなっていました。

おとうさんはむこーだのおにいちゃんのおかげだといっていました。

おてつだいがおわったら、おひるごはんです。

おかあさんとあいやおばちゃんがつくったおひるごはんもみんなでたべます。

おひるごはんもとってもおいしいです。

そのあとはおべんきょうです。

おべんきょうはあんまりすきじゃないけど、おとうさんとおかあさんががんばりなさいっていうのでがんばっています。

ほんとうならおべんきょうはできないんだって。

むこーだのおにいちゃんのおかげでおべんきょうできるんだっておとうさんとおかあさんがいっていました。

おとうさんとおかあさんとときにおじちゃんとあいやおばちゃんは、まいにちむこーだのおにいちゃんにかんしゃしています。

おとうさんとおかあさんは、ろってもかんしゃしないとだめだよといいます。

よくわからないけど、むこーだのおにいちゃんはおいしいものをいっぱいたべさせてくれるからろってはだいすきです。

おおきくなったらむこーだのおにいちゃんのおよめさんになってもいいなとおもいます。

それをいったら、おとうさんとおかあさんはちょっとうれしそうにしていました。

なんでだろう?

ここではまいにちたのしいです。　きょうもたのしかったです。

「できたー！」

「書きあがったのかい。どれ、見せてみな」

「はい、タバサ先生」

ロッテちゃんが先生のタバサにノートを渡した。

タバサがノートに書かれたものを読んでいく。

字はまだまだ下手くそだけれど、なかなか良く書けていた。

「なかなか良く書けてるじゃないか」

タバサがロッテちゃんに出したお題は、「今日は何をしたのか」ということだった。

「よし、みんなの前で発表してごらんよ」

「はーい！」

今はムコーダが指示した勉強会の時間だ。

みんながそろっている前で、ロッテちゃんが作文を読み上げていった。

それを聞いたロッテちゃんの両親のアルバンとテレーザはバツの悪そうな顔をしていた。

子どもとは大人のことを見てないようでよく見ているものだ。

「アッハッハッ、ロッテちゃんはムコーダさんの嫁さんになるのか」

「玉《たま》の輿《こし》だな、玉の輿」

ロッテちゃんの作文に一番に食いついたのは当然というか獣人のおちゃらけた双子だ。

「うーん、まだわかんないけど、ムコーダのお兄ちゃんはおいしいものいっぱい食べさせてくれるし、お嫁さんになってもいいかなぁって思うの」

ロッテちゃんがそう答えると、アハハと笑うおちゃらけ双子。

「ねぇねぇお父さん、玉の輿って何？」

純粋な興味から父親のアルバンに意味を聞くロッテちゃん。

それにどう答えていいか困り顔のアルバン。

「お母さんは知ってる？」

次にロッテちゃんに振られた母親のテレーザも困り顔だ。

「ロッテの嬢ちゃん、玉の輿ってのはな金持ちの男の嫁さんになるってことだ」

助け舟を出したのはドワーフのバルテルだ。

「金持ちの嫁さんになりゃあ欲しいものも買えるし美味《うま》いもんも食えるんだぜー」

「そうそう。金の心配なくいい生活ができるってもんだ」

双子がいらぬ情報を話して聞かせる。

「あんたらは余計なこと言わなくていいんだよっ」

バチコンッと姉のタバサに頭を叩《たた》かれる双子。

「わぁ～、そうなんだー！　じゃあね、じゃあね、ロッテはムコーダのお兄ちゃんのお嫁さんになるー！」

美味《おい》しいもんが食えるというその一言に釣られて、ムコーダの嫁になるというお気楽なロッテちゃん。

一方で、コソコソと話すトニとアイヤ夫婦とその娘のセリヤちゃん。

セリヤちゃんの顔がみるみるうちに赤くなっていく。

子どもに苦労なく生活してほしいという願いは、どこの親も一緒ということなのであろう。

「ってか姉貴は玉の輿いいのか？」

「うーん、ムコーダさんには本当に感謝しているけど、嫁になりたいかって言われるとねぇ。何ていうか、そういう対象じゃないっていうか……」

「姉貴にこんなこと言われるなんて、ムコーダさんが可哀《かわい》そう過ぎるぜ」

「行き遅れが何選んでんだよって話だよな」

「あんたたちねーっ」

余計な一言を言って、タバサから今度は拳骨《げんこつ》を食らう双子。

それを見て、この場のみんなが笑った。

「しかし、ムコーダさんに感謝というのはしてもしきれないのう」

しみじみとそう言ったのはバルテルだった。

その言葉に、ここにいたみんなが頷《うなず》いた。

「この国で奴隷は最低限の生活の保障をされてる。でも、奴隷になったからには自由もなくてもっとこき使われるの覚悟してた……」

普段は無口なペーターがそう言った。

通常はペーターの言うとおりだ。

最低限の生活は保障されるものの、奴隷は奴隷。

普通の人がやりたがらない仕事をあてがわれることが多いうえ、仕事をする時間も長いのが当たり前だった。

「普通に暮らしてた冒険者時代に比べても、今のここでの生活は天国みたいなもんだよね」

そのタバサの言葉に何度も頷く者たち。

「ああ。姉貴の言うとおりだよ。冒険者時代は収入が不安定だったからな……。住む場所やら飯の心配をしなくていいってのは最高だぜ」

「俺たち奴隷だってのに、ムコーダさんってば高級な肉とか食わせたりするんだもんなぁ。こっちの方が心配になっちまうよ」

ルークとアーヴィンがタバサの言葉に続いてそう言った。

「私らみたいな者にもこうして字を覚える機会を与えてくださって、ムコーダさんは本当に神様みたいな人ですよ」

そう言ったのは、字が書けないし読めないまま大人になってしまったトニだ。

「まったくです。私らは無学のまま大人になってしまいましたからね。それは仕方がないことだと思ってましたが、こうしてこの歳《とし》で少しずつですが字の読み書きができることになろうとは……。本当にありがたいことです」

貧乏な農家に生まれて勉強どころではなかったアルバンがしみじみとそう言った。

それぞれの妻であるアイヤとテレーザも夫たちの言葉に深く頷いていた。

「ムコーダさんに報いるためにも、儂《わし》らはムコーダさんに指示されたことをしっかりとこなしてこの家を守ることが大事じゃな」

「そうそう。バルテルの言うとおりだよ。ということで勉強再開だよ」

タバサのその言葉に「エェ～」と嫌そうな声を発したのは双子だ。

「当然でしょうが。この勉強会だってムコーダさんの指示なんだからね。あんたらも観念してしっかり勉強しな」

「ちぇっ、勉強から気をそらせたと思ったのによ。ムコーダさんにはものすごく感謝してるけど、この歳で勉強とか嫌すぎるぜ」

「そうなんだよなぁ」

文句たらたらな双子にタバサの額に青筋が。

「トニやアルバンたちを見なっ。少しでも字の読み書きができるようにってがんばってんだよ！　それをあんたたちはっ！　あんたらがあたしの弟だと思うと情けないよっ」

「だってなぁ」

「ああ。俺たちは読み書き十分できるし」

「十分じゃないからこうなってんでしょうがっ。もうっ、あんたたちには特別に課題を出すからね！　それをこの勉強の時間が終わるまでにできなかったら、明日は1日飯抜きだよ！」

「何だよそれー！」

「横暴だー！」

「つべこべ言わずにやりな！」

獣人の姉弟のやり取りにため息をつくバルテルとペーター。

「あいつらも懲りんなぁ……」

「ルークもアーヴィンも余計なことを言わなければいい奴《やつ》なんだけどね……」

そう言いつつも、姉弟を放っておいて勉強の続きを始める先生役のバルテルと生徒のペーターだった。

一番の利口者は話には入らず粛々と勉強を続けていたオリバー君、エーリク君、コスティ君の男の子3人なのかもしれない。

そして、トニとアイヤ、アルバンとテレーザたちは、自分たちの子どもに「ああいう大人になってはダメだぞ」と密《ひそ》かに注意をするのだった。

第五章　エルマン王国入国

「あそこが国境か。人が多いな」

レオンハルト王国とエルマン王国は交流が盛んって話だったから、人の行き来も多いようだ。

俺たちも早速国境を越えるための列に並んだ。

フェルたち（主にフェルのだけど）の姿を見て驚く者が多数出るが、大人しく俺を乗せている姿に「なんだ従魔か」とホッと一安心するまでがお約束。

見ていると、交流が盛んなだけあって国境を通り抜けるのもギルドカードがあれば比較的すんなりといくようだ。

これなら大丈夫かな。

そう思いながら、国境の兵士にギルドカードを見せた。

見せたのはいいんだけど、何で俺の番が来た途端に今までの兵士に代わってちょっと偉い感じの人が来たのかな？

「ム、ムコーダ様ですね。エルマン王国へようこそ。わ、我が国を楽しんで行ってください」

「はぁ」

他の人のときは無言のままギルドカードを確認するだけだったのになと思いながら兵士からギル

ドカードを返してもらった。

国境の門をくぐるとき、兵士たちのヒソヒソ話す声が聞こえてきた。

「あれがフェンリル連れの冒険者か」

「ちっこいドラゴンとスライムも連れてるそうだぞ」

「隊長、めっちゃ緊張してたな」

「そりゃあそうだろう。王宮から直《じか》で来たお達しなんだから。フェンリル連れのムコーダとかいう冒険者が現れた場合にはくれぐれも丁重に接するようにってさ」

「でも、貴族みたいな大袈裟《おおげさ》な扱いはご法度だったたっけ？」

「そうそう。あくまで自然にって話だった」

「あと、できれば我が国のアピールもさりげなくするようにって無茶ぶりの指令だったからな」

「隊長、やり遂げてホッとしてるぜ」

「そりゃそうだろ。伝説の魔獣を目の前にして指令を完璧にこなしただけでもスゲーよ」

「だな」

……レベルアップして耳が良くなってるからバッチリ聞こえてるよ。

でも、俺たちのことが王宮から直で指令が来るって、レオンハルト王国から何か通知がいったのかな？

よく分からんけど、ま、まぁ、無事にエルマン王国へと入国できたから良しとしよう。

『ダンジョンはこの国にあるのだろう？　早く行くぞ』

『早く潜ってみてーな！』

『ダンジョン、ダンジョン』

「みんな焦らないの。ブリクストのダンジョンまではまだまだ遠いからね」

『む、そうなのか？』

「ああ。今ちょうど半分くらいかな。それでも速いペースで来てるんだぞ。普通なら馬車を使っても2か月近くかかるらしいからな」

『なんだ、ダンジョンまではまだまだなのかよー』

『早く着くといいなぁダンジョン～』

ダンジョンまではまだかかると分かってちょっとガッカリするフェルとドラちゃんとスイ。

「ダンジョンは逃げないんだからさ、もうちょっと旅を楽しもうぜ」

◇　◇　◇　◇

ダンジョンのあるブリクストに向けて街道を進む俺たち一行。

『おい、前方に魔物に襲われているやつらがいるぞ』

走るフェルから念話が入った。

『え？』

『襲ってる魔物は森サソリだな』

『森サソリ？　サソリっていうと毒とかあるのか？』

『うむ。あるな。彼奴《あやつ》は小賢《こざか》しいことに2種類の毒を使い分けるのだ。食えないものには即死系の毒を使い、餌になるものには麻痺《まひ》系の毒を使うのだ』

『あわわわわわっ、早くそれを言えーっ！　ドラちゃんっ、先行して助けてあげて！』

そうお願いすると、ドラちゃんが『了解だぜ！』とものすごいスピードで飛んでいった。

『俺たちも急ぐぞ』

『うむ。まぁ、ドラが行ったのだから心配はないだろうがな』

俺たちもドラちゃんのあとを追った。


「おーい、大丈夫ですかー？」

見えてきたのは簡素な馬車とその周りにへたり込む人たち。

未《いま》だ恐怖に呆然《ぼうぜん》としていた。

『ドラちゃん、森サソリってのは？』

『もちろん倒したぜ。ほら、あそこに』

「うおっ、デカいな……」

ドラちゃんが指差す馬車の前方を見ると、尾まで含めると3メートル以上はありそうなデッカいサソリが死んでいた。

凶悪なその姿に思わず顔を顰《しか》める。

『フフン、氷魔法で串刺しにしてやったぜ』

そう言って得意げなドラちゃん。

「お手柄だ、ドラちゃん」

『なら、今日のデザートのプリン倍にしてくれよ』

「あー、はいはい分かった分かった」

『む、それを言うなら森サソリに襲われている此奴《こやつ》らのことを教えた我にも手柄はあるだろう』

「分かった、分かった」

『プリンー？　甘いおやつ食べるのー？』

ああ、プリンの話が出たからスイも起き出して鞄《かばん》から出てきちゃったよ。

「甘いのは夕飯のあとな」

『今じゃないのか～……。あっ、見たことないのがいるー！』

森サソリを見て興味を持ったのか、スイがポンポンと飛び跳ねている。

『へっへー、俺が倒したんだぜ！』

『ドラちゃんがー？　いいなぁ～スイが倒したかったー』

あの凶悪そうなデカいサソリを見てもうちのトリオは誰も物怖《ものお》じしないんだね、ハハハ……。

俺なんて死んでるって分かっててもあんまり近付きたくないのに。

「ジャイアントフォレストスコルピオンを倒した小さいドラゴンは、あんたの従魔か？」

革鎧《かわよろい》を着た20代半ばの冒険者らしき男から声がかかった。

「ええ」

「助かった。ありがとう」

「あの、あの魔物は森サソリというんじゃ……」

「通称でそう言われてるところもあるようだな」

フェルが森サソリと言ったこの魔物の正式名称はジャイアントフォレストスコルピオンというらしい。

「馬車の周りにいる人は大丈夫そうですけど、けが人はいませんか？」

「それが、俺のパーティーメンバーの1人が麻痺毒を受けてしまってな……。助けてもらったうえにこんなことを聞くのは厚かましいが、毒消しポーションを持っていないか？　持っているのなら買わせてほしい」

うーむ、さすがに毒消しポーションは持ってないなぁ。

正直に持ってないと言うと、期待はしていなかったのか「やっぱりそうだよな……」と言ってガックリと項垂《うなだ》れた。

麻痺毒なら命に別状はないんじゃないのか？

そう思っていると、革鎧の男と同じパーティーメンバーなのだろう、同年代のローブ姿で細身の男がやってきた。

「毒消しはさすがに持ってなかった？」

「ああ」

「もうこれはしょうがないよ。あいつが死ななかっただけでも御の字だと思って諦めよう」

「それしかないな」

2人ともかなり渋い顔をしてるけど、大丈夫かな。

「あの、どうかしましたか？」

「ああ、すまん。あんたに言っても仕方がない話だが……」

話を聞いてみると、これは乗合馬車の護衛の依頼だったらしいのだが、このままだと依頼の失敗とまではいかないが、パーティーの信用問題になってきそうだということだった。

この森サソリことジャイアントフォレストスコルピオンの麻痺毒は、もう1つの即死系の毒とは違い死ぬことはないのだが効果が強く毒が抜けるまで丸1日くらいかかってしまうそうなのだ。

「俺たちは、俺とこいつと毒を受けたやつの3人組のパーティーだからな。そのうち1人が丸1日動けないうえに、狭い馬車に寝かせてもらうことになるんじゃあな……」

護衛として依頼しているわけだから、そのうち1人がその仕事を果たせないっていうのは確かに問題があるかもしれないな。

「毒消しポーションがあれば挽回《ばんかい》の余地はあったのだが、ないものは仕方ない」

幸いにして、乗合馬車も無事だし御者の人もお客さんにもけが人はいない。

毒消しポーションでメンバーが回復していれば、何とかそこまでの問題に発展することなく収められたのにということだった。

俺の場合はフェルたちがいるおかげで、ありがたいことにこういうこととは無縁だけど、普通の冒険者にとって信用ってけっこう大事なのかもしれない。

指名依頼の数にもかかわってくることだし。

まぁ、信用っていうのはどんな仕事でも大事なものではあるけどさ。

しかし、毒消しポーションまではさすがに持ち合わせてないもんなぁ。

普通のというかスイ特製ポーションならあるんだけど。

………待てよ、毒消し？

あっ！　いけるかもしれない。

以前、ワイバーンに襲われた冒険者にスイ特製上級ポーションを使ったら毒も消えたのを思い出した。

もしかしたら、スイが作る特製ポーションには毒消しの効果もあるのかもしれない。

『フェル、ワイバーンの毒って致死毒なのか？』

念話でフェルに聞くと『そうだ』という答えが返ってきた。

『この森サソリと比べてはどうなんだ?』

『どちらも致死毒ではあるが、ワイバーンの方が若干強い毒かもしれん』

なるほど。

となると、森サソリの麻痺毒だとワイバーンの毒を消した上級ポーションまでは必要ないかもしれない。

とりあえずスイ特製中級ポーションで様子を見て、効かなそうだったら上級ポーションで対応しよう。

「あの、毒消しではないんですが、このポーションなら毒にも効果があると思います。そういう話で買ったものなので」

ちょっとボカしてそう伝えてみた。

「本当か!? そんなものがあるとは。おい……」

「ああ。パーティーの評判にも関わる。ランクが上がってようやく得意先が増えてきたところだし、できるなら評判を落としたくはない。是非使わせてほしい」

2人の決断は早かった。

俺は、手持ちのスイ特製中級ポーションを渡した。

ロープ姿の男が、すぐさま横たわるメンバーの麻痺毒を受けた腕の傷口にスイ特製中級ポーションをかける。

赤黒く変色していた腕の傷口がみるみるうちにふさがり、肌の色も通常の肌色に戻っていった。

「うぅ……」

うっすらと目を開ける毒を受けたメンバー。

「おおっ、気が付いたか！」

心配そうに様子を見ていた革鎧の男が声をあげた。

「これを飲め」

ローブ姿の男が毒を受けたメンバーの頭を持ち上げて、残っていた中級ポーションを飲ませていった。

少しすると、毒を受けたメンバーの意識もはっきりとして自力で起き上がるまでに回復した。

「毒が消えるのが早いな」

「傷の治りもすこぶるいいぞ」

スイ特製中級ポーションの効果に、ローブ姿の男も革鎧の男も驚く。

俺としてもちょっぴり鼻高々だ。

スイが作りましたとは言えないけどね。

「これでなんとかなりそうだ。本当に助かった。ありがとう。それで、値段なんだが……」

効果の高さに上級の相当いいポーションだと思ったらしく、手持ちの金で足りるか気にしていた。

普通の中級ポーションが確か金貨1枚だったから、その値段を言うと仰天していた。

その効きめで本当にそれでいいのかって何度も聞かれたけど、スイ特製ではあるけど中級ポーションには間違いないからね。

というか、スイに頼んで作ってもらったものだから元手はゼロだし。

だから金貨1枚でいいって言ったんだけど、あの効果でそれでは少な過ぎるって倍の金貨2枚渡されたからありがたくもらうことにしたよ。

その代わりといってはなんだけど、中級ポーションが余っていたら買い取りさせて欲しいって話が出たから、喜んで売ってあげたよ。

スイ特製中級ポーションはけっこう在庫があったからね。

「助かるよ。この先のことも考えたら、ここで毒に効くポーションを手に入れられたのはありがたい。っと、バタバタしていて自己紹介がまだだったね」

この3人は最近Cランクにあがったばかりの〝トリックスター〟という冒険者パーティーだという。

リーダーがローブ姿の魔法使いジェレミア、革鎧の剣士ルミール、毒を受けてしまったのが斥候のリュック。

3人で王都行きの乗り合い馬車の護衛を請け負い、王都に向かう途中なのだそうだ。

俺も名乗って、一応Sランクだと伝えるとものすごくびっくりしていた。

まぁ自分で言うのも何だけど、とてもSランク冒険者には見えないからね、ハハハ。

「さすがSランクだ。いい薬持ってるよ。そのおかげで助かったんだから、俺たちは運が良かったな」

ルミールがそう言うと、ジェレミアもリュックも「ああ」と頷《うなず》く。

そして、リュックはポーションの出所が俺だと知って何度も礼を言ってきた。

「まさかこの辺りにジャイアントフォレストスコルピオンが出てくるとは思いもしなかったぜ……」

リュックのその言葉に他の2人も神妙な顔をしながら頷いている。

話では、どうやら森サソリは普段はこの辺では見かけない魔物のようだ。

そもそもこの辺で毒持ちの魔物が出るという話はなかったようだから、毒消しを持っていなかったのも納得だ。

ここでジャイアントフォレストスコルピオンが現れたということは、この先ももしやということがある。

そのことを考えると、ここで俺から毒に効くスイ特製中級ポーションを手に入れられて良かったという話だった。

そんな感じで少しの間3人と話したあと……。

「乗客の方も落ちついてきたようだし、リュックも大丈夫そうだから、俺たちもそろそろ行きます」

さっきからフェルたちが念話で『行こう、行こう』うるさいからね。

こんなところで止まってないで、早くダンジョンに向かって進みたいということらしい。

「本当に助かった。ありがとな！」

「俺たちは普段は王都にいますんで、王都に来たときは声かけてください。案内しますよ」

「ありがとうございました！」

「それじゃ、お先に」

乗合馬車と〝トリックスター〟の3人を残して、俺たちは街道を進んだ。

森サソリことジャイアントフォレストスコルピオンは、毒や殻などが素材になるらしく、けっこういい値で買い取りしてもらえるとのことで、もちろん俺の方で回収させてもらったよ。

しかし、普段はこの辺では見かけることのない森サソリが出たってのは気になるな……。

何かに追われて来たとか？

いやいや、まさかね。

偶然だよな、偶然。

………だよな？

『おい、何をボーっとしている？　しっかりつかまっていろ』

急に頭の中に響くフェルの声。

「おわっとと」

バランスを崩しそうになる寸前に、しっかりとフェルの首につかまった。

『わ、分かってるよ！』

『ハハハッ、落ちんなよーお前ー』

今度はドラちゃんから念話で茶々が入った。

ドラちゃんは飛べるからって笑うなよなー、まったくもう。

『あるじー、お腹《なか》すいた～』

鞄の中のスイからは腹が減ったと念話が。

『もうちょっとしたらねー』

『うむ。我も腹が減ったが進めるだけ進むぞ。そうすればよりダンジョンに近付くのだからな』

『ああ、ダンジョンに早く行きたいもんな！』

『分かった～。スイもダンジョン早く行きたいから我慢するー』

フェルたちの食欲に打ち勝つとは、ダンジョン恐るべし。

◇　◇　◇　◇　◇

日が傾いてきたころ、街道の先に街が見えてきた。

事前に調べていた行程によると……。

「あれは多分ヒルシュフェルトって街だな。ちょうどいいし、街に入ろう」

『む、入るのか?』

「うん、その方がありがたいかな。もうそろそろ柔らかいベッドでゆっくり寝たいし」

『街なんか寄ってたら、ダンジョン行きが遅れそうじゃねえか?』

『ドラの言うとおりだ。ここはこのまま進むべきだろう』

街に入ろうと言ったら、フェルとドラちゃんが難色を示した。

「いやいや入ろうよ。ここまで来る途中、どこの街にも寄ってないしさ。ほら、冒険者ギルドからも言われてるじゃないか。途中の街ではできるだけ依頼をこなしてほしいってさ」

『しかしなぁ……』

「それにな、街に寄った方がちゃんと料理できるから美味《うま》い飯が食えるよー。いつもみたいに家を借りれば、広い風呂にも入れるし」

渋るフェルとドラちゃんに街行きをアピールする。

『美味い飯か』

『広い風呂……』

「そうそう。ダンジョンは逃げないんだからさ、ちょっと街に寄っていこうぜ」

『むぅ、ちょっとだけだぞ』

『広い風呂の家を借りろよな』

フェルとドラちゃんになんとか同意を得ると、俺たちはヒルシュフェルトの街へと入っていった。

ちなみにだけど、この間スイはいつもどおりに鞄の中でスヤスヤと眠っていたよ。

◇　◇　◇　◇　◇

リビングにある猫足の豪華な椅子に座り、腕を上げてグッと背中を伸ばす。

「ふ～、これで久しぶりにベッドでゆっくり眠れるな」

街に入った俺たちは、まず商人ギルドへと足を運びいつものように一軒家を借りることにした。

そして借りたのがこの家だ。

12ＬＤＫといつもよりちょっと大きいが、風呂が大きくて俺もドラちゃんも気に入ったことと、翌日行くことになっていた冒険者ギルドにも近かったのが決め手だ。

家が大きいのと立地条件が良かったことで、家賃は少々高めだったけど、フェルたちのおかげで金にも困ってないしということで、一軒目の紹介ではあったけど即契約した。

『ねぇねぇあるじー、ご飯はー？』

『うむ、我も腹が減ったぞ』

『俺も腹減ったな』

さっき座ったばっかりなのにすぐにそれかよ～。

「分かったけどさ、ちょっと休ませてよ」

ちょっと一息つかせてほしいぞ。

『街の方が美味い飯が食えると言ったのはお主なのだからな、期待してるぞ』

うっ……、変なプレッシャーかけないでほしいんだけどな、フェルさんや。

確かに言ったけどさぁ、今から一から作るのはちょっと面倒だぞ。

とは言っても、アイテムボックスに入ってる作り置きを出したらブーブー文句言われそうだしなぁ……。

となると、作り置きをアレンジして何か作るのがいいか。

そうなると……、よし、あれにしよう。

作るのは、作り置きのから揚げを使ったなんちゃってユーリンチーだ。

から揚げはみんなの好物ってことで、しこたま揚げてあるからまだまだたくさんあるからね。

冷凍のから揚げとか残り物のから揚げがあるときなんかに、ちょっと一味違った感じで食いたいときにはもってこいなんだよね、これ。

作るものも決まったし、キッチンへと移動だ。

うん、キッチンも豪華な造りだね。

ユーリンチーの香味ソースを作るだけなのが申し訳ないくらいだけど、今日のところはひとまずそれだけで。

ネットスーパーで香味ソースに使う白ネギとニンニクとショウガ、それからから揚げの下に敷くレタスを購入したらササッと作っちゃいますか。

まずはユーリンチーの香味ソースだ。

白ネギはみじん切り、ニンニクとショウガはすりおろして、醤油《しょうゆ》・酢・水・ゴマ油・ハチミツと混ぜ合わせればユーリンチーの香味ソースの出来上がり。

超簡単。

ニンニクとショウガは面倒なときはチューブ入りを使っても十分美味い。

それに今日は手持ちにハチミツがあったから使ったけど、砂糖でももちろんＯＫだ。

味見をしてみると……、もうちょぃ酢を足してもいいかな。

ちょっとだけ酢を足して香味ソースの準備ＯＫ。

あとは下に敷くレタスの準備だな。

レタスは1センチ幅に切って冷水につけてパリッとさせる。

水気を切ったレタスを皿に敷いたら、アイテムボックスにある未だ揚げたての熱々のから揚げを載せていく。

そうしたら、その上から香味ソースをかければなんちゃってユーリンチーの出来上がりだ。

味見をしてみたけど、酢が入ったさっぱりな香味ソースがから揚げに絡んでたまらない美味さだね。

ユーリンチーの香味ソースは多めに作ってあるから、フェルたちのおかわり対策もばっちりだ。

ということで、早速リビングで待っているフェルたちの下へと運ぶ。

「できたぞー」

『これはから揚げか？　から揚げならつい先日も食ったばかりではないか……。まぁ、美味いからいいが』

「から揚げはから揚げだけど、その上にさっぱりした香味ソースをかけてあるんだ。また違った味わいで美味いからとにかく食ってみなよ」

そう言うと鼻をヒクヒクさせたフェルがなんちゃってユーリンチーを頬張った。

それをゴクリと飲み込んだあとはガッフガッフと勢いよく食っていく。

ひとまずフェルは気に入ってくれたみたいだ。

『そのままのから揚げもいいけど、こういうさっぱりしたソースをかけて食うのもまた美味いな！』

ドラちゃんもそう言いながらなんちゃってユーリンチーにかぶりついている。

『このちょっと酸っぱいタレがから揚げととっても合ってるのー。スイ、これ大好きだなー！』

そう言うスイの皿からなんちゃってユーリンチーが瞬く間に消えていく。

『おい、おかわりだ』

『俺もおかわり！』

『スイもおかわりー！』

みんなが満足するまでなんちゃってユーリンチーを出してやったよ。

俺もその間になんちゃってユーリンチーを堪能させていただきました。

白飯との相性抜群で、ちょい食いすぎたけどね。

そして、食後は約束でもあったデザートを。

フェルは例のごとくイチゴのショートケーキを口回りを白くしながら美味そうに食っている。

ドラちゃんはプリンを大事そうに抱えながら美味そうに食ってるな。

スイは大好きなチョコレートケーキを嬉《うれ》しそうにプルプルしながら取り込んでいた。

俺はちょっと食い過ぎたので、デザートはなしで最近嗜《たしな》むようになった紅茶を。

「明日は朝飯食ったら冒険者ギルドに顔出すからな」

『依頼か。むぅ、早くダンジョンへ行きたいのだがな』

「まぁまぁそう言うなって。フェルたちが面白そうって思う依頼があるかもしれないだろ」

『そうだといいけどな』

「ドラちゃんもそう言うなって。行ってみなきゃわかんないんだしさ」

『あるじー、大丈夫だよー。スイがみんなやっつけちゃうもん』

「そっかそっか、頼りにしてるぞ。それじゃみんな食い終わったみたいだし、風呂入るか」

俺は、カップに残っていた紅茶を飲み干して椅子から立ち上がった。

『おうっ、風呂だ風呂！』

『お風呂〜』

風呂好きのドラちゃんとスイは久々の広い風呂に喜んでいる。

「フェルも入るか？」

『入るわけなかろう。我は先に寝る。布団を用意しておけ』

「はいはい、フェル用の布団ね」

主寝室にフェル専用の布団を敷くと、フェルがゴロンと横になる。

「じゃ、風呂入ってくるからな」

『うむ』

あぁ、いつものとおり当たり前みたいに主寝室にフェルの布団敷いちゃったけど、12ＬＤＫもあるんだから1人1部屋でも良かったかも。

今更他の部屋になんて言えないし、まぁいいか。

そんなことを考えながら、ドラちゃんとスイの待つ風呂場へと向かった。

そして、先に風呂に入っていたドラちゃんとスイとともに久々の広い風呂を堪能した俺だった。

翌朝、俺たちはこの街の冒険者ギルドへと足を運んだ。

カレーリナの冒険者ギルドと比べると多少こぢんまりしている建物の中は朝から騒然としていた。

近くにいた冒険者に声をかけてみる。

「何かあったんですか？」

「ん？　この街に来たばっかなのか、お前。……うおっ、デカいの連れてんな。ちっこいドラゴンまでいるし」

そう言って俺の方を振り返った冒険者がフェルとドラちゃんを見て驚いている。

「両方とも私の従魔です」

「テイマーか。珍しいな。って、そうそう、この騒ぎはな南の森が進入禁止になったせいだ」

話によると、南の森に入った冒険者パーティーのいくつかが街に帰還していないことを受けて、冒険者ギルドがちょうど街にいたBランク冒険者パーティーを森の調査へ出したそうだ。

そして、今朝方街の門が開くと同時にその冒険者パーティーが冒険者ギルドに駆け込んできて報告されたのが、南の森にタイラントフォレストパイソンというヘビの魔物が出たということらしい。

このタイラントフォレストパイソンという魔物は、ヘビ系の魔物でも毒はないがとにかくデカいことと大食漢なのが特徴で、この魔物が出た森からは魔物だろうが何だろうが生き物はすべて消え去るとさえ言われているそうだ。

そのことから考えると、南の森に入り未《いま》だ帰還していないというういくつかの冒険者パーティーの面々は十中八九食われたのだろうという話だった。

「しかし、その調査に出た冒険者たち、よく帰ってこれましたね」

話を聞く限り、そのタイラントフォレストパイソンに出くわしたら食われる可能性が大いにあったと思うんだけど。

「ああ。そこは運が良かった。見たのは尾の方だったらしいからな。それを見てヤバいと思って一目散に街に帰って来たって話だ」

なるほど。

しかし、デカいヘビの魔物か。

縁があってというか、フェルが獲《と》ってきたりダンジョンで出くわしたりで、デカいヘビの魔物はいくつか見ているけど、そのタイラントフォレストパイソンとやらはどれくらいの大きさなんだろう？

こんなときは最年長のフェルに聞くのが一番早いと、念話でフェルに聞いてみた。

『フェル、そのタイラントフォレストパイソンって知ってるか？』

『うむ。もちろん知っているぞ。あれはな、図体《ずうたい》ばかりデカい頭が弱いヘビだ』

あれ呼ばわりのうえに頭が弱いってひどい言われようだな。

『我との力の差もわからずに我を見たとたんに食おうとした阿呆《あほう》だ』

『その魔物、俺も前に会ったことがあるぜ。俺のことも食おうとしたな。頭にきたから雷魔法を纏《まと》ってどてっ腹に風穴を開けてやったけど、あいつ死にやしねぇの。血をぶちまけながら逃げていったから見逃してやったけどよ』

タイラントフォレストパイソンとやらは、フェルだけでなくドラちゃんも知っているようだ。

しかし、ドラちゃんの魔法を纏った体当たりを食らって胴体に風穴を開けられたってのに生きてるって、とんでもない生命力だな。

『む、ドラも知っているのか。確かにあやつはしぶとかった』

フェルも食われそうになって当然というか速攻で倒したそうだけど、首を切断したにもかかわらず、しばらくの間ビチビチ動いていたらしい。

『あれは狩るだけ無駄だぞ。肉は硬いうえに臭みもあってとても食えたものではないからな』

フェルがそう言って顔を顰《しか》めた。

『フェルはあれ食ったのか。見逃したあと、どうせならぶっ倒して肉食えば良かったって失敗したーって思ってたけど、そんな不味《まず》そうな肉なら食わなくて正解だったわ』

『うむ。あんなに不味い肉はそうそうないぞ。食わなくて正解だったな』

しかしフェルよ、不味いと知っているということは一応味は確かめたってことなんだな。

毒を食ったりと意外とチャレンジャーだよな、フェルって。

ま、そんなことはさておき、ギルドの中もザワザワしているし出直した方がいいかもしれないな。

そう考えていると……。

「あー！！！」

そう声をあげて俺を指差す疲れたサラリーマンを彷彿《ほうふつ》とさせる猫背のバーコード頭のおっさんがいた。

「キミキミキミキミキミーッ、ムコーダさんだよねっ!?」

そう言って小走りに駆け寄ってきたバーコード頭のおっさん。

「え？　は、はぁ、ムコーダですけど……」

「ヤッタ！　助かったー！　神は僕を見捨ててはいなかったーーーっ」

そう叫んだバーコード頭のおっさんに何故《なぜ》か俺は腕をガッチリとつかまれて連行された。

◇◇◇◇◇

バーコード頭のおっさんに連れて来られたのは個室。

すすめられて座ったイスやらの調度品から察するにどうやらギルドマスターの部屋のようだった。

ということは……。

「改めて自己紹介を。僕はここヒルシュフェルトの冒険者ギルドでギルドマスターをやっておりますイサク・シェルヴェンです。よろしくお願いします」

このバーコード頭のおっさんは、ここの冒険者ギルドのギルドマスターみたいだ。

今までの冒険者ギルドのギルドマスターたちみたいに冒険者上がりって雰囲気ではないから、全然そんな風には見えないけども。

「はぁどうも、ムコーダです」

俺がそう言うと、ニコニコ笑顔のバーコード頭のおっさんことイサクさん。

「Sランク冒険者のムコーダさんですよね。分かってます。後ろにいるのが従魔のフェンリルとピクシードラゴンですか、それとスライムは……」

「スライムのスイならここにいますけど」

革鞄《かわかばん》を軽く叩《たた》くと、寝ていたスイがのそりと起きだしてきた。

『あるじー、ご飯ー?』

『違う違う。まだ寝てていいよ』

『んーん、起きるー』

そう言ってスイが俺の膝の上にちょこんと乗った。

「うんうん、従魔もお元気そうですね。ということで、早速依頼をお願いします。緊急の案件なのですが、南の森に出たタイラントフォレストパイソンの討伐を是非とも！」

やっぱりそう来たか。

でも、フェルが嫌がってたからなぁ。

チラリとフェルの方を見ると、思ったとおり実に嫌そうな顔をしていた。

『却下だ』

「おお、フェンリルは本当にしゃべるのですね。というか、却下ですって？　何でですか!?」

『不味いからだ』

「不味いからって、タイラントフォレストパイソンの肉なんて食べられるものではないでしょっ。肉は食べられませんけど、皮や牙は素材としても高額取引対象なのですよ！　どうですか、興味あるでしょ？」

『まったくないな。食えないうえにあんな阿呆を相手にするのは面倒なだけだ』

何とか興味を持たせようと必死なイサクさんにもまったく動じず、フェルはそう言ってツーンとそっぽを向く。

ドラちゃんはドラちゃんで、必死な様子のイサクさんを見て触らぬ神に祟《たた》りなしという感じで最初から我関せずを貫いてるし。

「そ、そんなっ！　ムコーダさん、お願いしますよ～！　このままでは僕が責められるんですー！」

説得のターゲットをフェルから俺に変更したイサクさんが、間にあるテーブルをものともせずに俺の肩をすがるようにつかむ。

「お願いします！　是非とも依頼をーっ！」

「ちょーっ、あのっ、顔近いですからっ。ちょっと落ち着きましょうよ、ね！」

イサクさんを何とか押し戻して落ち着かせた。

それで、話を聞いていくと、イサクさんが何で必死になるのかも分かった。

このままだとこの街を拠点にしている冒険者からも突き上げられるし、それ以外の冒険者だって稼ぎ場所が少ないならと他の街に移ってしまう。

冒険者が少なくなれば、今度は冒険者に護衛などの依頼をする商人からの突き上げも出てくるうえに、街の防衛やらにも関わることだから街の住人たちから不安の声もあがってくる。

その声が大きくなれば、最悪領主が出張ってくることもあるというわけだ。

そんな話をしながら項垂《うなだ》れるイサクさんは、みんなに責められて疲れ果てて哀愁漂う中間管理職サラリーマンの姿とダブって見えたよ。

「だいたい、何で僕だけ責められるんですかね？　理不尽ですよね。僕はギルドマスターなんてなりたくなかったっていうのに……」

「はぁ」

日本人の性《さが》なのか曖昧にそんな返事をしたのがいけなかったのか、その後はイサクさんの愚痴が炸裂《さくれつ》。

「聞いてくれますか？　僕はですね、名前からも分かるとおり一応貴族出身なんです。しがない男爵家ですけどね。でも、僕は四男ですから家督を継げるはずもなくて、家から出て自分で稼いで生活していかなきゃいけなかったわけです。それでですね……」

イサクさんの愚痴交じりの長い話を要約すると、こうだ。

男爵家の四男ということもあって、イサクさんは貴族やら豪商の子弟が通う学校を出ていた。

その中でもちろん魔法の授業や剣術の授業もあって、それに特化した生徒は早くから就職先も決まることも多かった。

しかしながら、イサクさんは魔法も得意ではないし剣術などの荒事はもっと不得手。

当然就学中に就職先が決まるはずもなかった。

そうなると文官はどうかと考えたが、中の中とパッとしない自分の成績では文官に就職できるかも怪しい。

そしてイサクさんは考えた。

自分でも確実に就職できて、そこそこの給料がもらえるのはどこかと。

いろいろとリサーチした結果が、冒険者ギルドだった。

当時からギルド職員の人材不足が叫ばれていたそうで（今もそうらしいけど）、成績は中の中ではあるが、学校を卒業して読み書き計算ができる自分ならば重宝されるのではなかろうかと思ったそうだ。

イサクさんのその目論見《もくろみ》は見事的中して、この国の冒険者ギルドの上層部からも重宝がられてあれよあれよという間に出世していった。

イサクさん自身には特に出世欲というものはなかったにもかかわらずだ。

そして28歳という若さでついにギルドマスターに就任。

しかし、イサクさんの苦悩はそこから始まった。

イサクさんは、学校を出ているだけあって他の職員よりも仕事ができた。

言ってみれば書類仕事や物事の管理などは、完璧にこなすことができるのだ。

その辺はギルドマスターにありがちな冒険者上がりのギルドマスターなどと比べるまでもなく。

それに目をつけた上層部は、イサクさんをいろいろと問題のある冒険者ギルドのギルドマスターへと着任させるようになった。

28歳でギルドマスターになり、その街でずっとギルドマスターをやっていくものだと思っていたら、3年ほどでよその街へ行けと辞令が下った。

移った街の冒険者ギルドはそれこそ何でもどんぶり勘定のひどい有り様で、そこの冒険者ギルドを2年かけて必死に立て直したところで、再びよその街へ行けと辞令が。

そんなことが繰り返されて、ここヒルシュフェルトはイサクさんがギルドマスターになってから4つめの街になるのだという。

「ムコーダさん、僕ね、37歳なんですよ」

「えっ？」

マジで？

37歳にしてはちょっと、特に頭の部分がなんとも……。

思わずイサクさんのバーコード頭に目がいった。

「もっと年上だと思ったんですよね。分かってます。この頭ですから……。でもね、数年前まではまだフサフサだったんですよ。それが、気苦労が多くて気付けばこんな風に……。ううっ」

冒険者ギルドって、職員にとっては真っ黒けのブラック企業だったんか……。

というか、イサクさん限定のような気もするけど。

有能な駒が手に入ったからって使い倒し過ぎじゃないですかね。

「……ねぇ、ムコーダさん、僕、ここ辞めてもいいですよね？」

イサクさん疲れた顔で俺にそんなこと聞かないでくれますかね。

「確かに、確かに、それなりの給与はいただいてますよっ、曲がりなりにもギルドマスターですから。でも、でもですね、使う暇がちっともないんですっ。おかげで女性と知り合う余裕もなくて、未だに独身なんですよ！　僕の知り合いでこの年齢で結婚してない人なんて、教会に身も心もささげた神官くらいですよっ」

37歳、独身。

それだけで同志のような感覚が。

俺の方が若いけど、この世界の結婚適齢期を考えると37歳で独身というだけで妙に親近感がわいてくる。

イサクさんのためにもなんとかならないかな。

『なぁ、フェル、ドラちゃん、スイ』

『……む、何だ？　話は終わったのか？』

『むにゃ……んん、終わったか？』

…………君たち話まったく聞いてなかったよね。

というか完全に寝てただろ。

スイは俺の膝の上で微動だにしないし、こりゃ完全寝落ちしてるよ。

『いやさ、さっきのタイラントフォレストパイソンの討伐の話、受けてあげてほしいなって』

『何？　お主、我の話を聞いてなかったのか？　あれの肉は不味いのだぞ』

『話はちゃんと聞いてたよ。ただcouさ、この人、イサクさんもいろいろと大変なんだよ』

『フン、そんなの我は知らん』

『知らんってね……、よし、それならさ、討伐依頼をこなしたあとの夕飯にドラゴンの肉なんての
はどうだ？』

俺も男だ、イサクさんのためにひと肌脱ぐことにした。

とは言っても、ドラゴンを獲ってきたのもともとはフェルたちなんだけどね。

『なぬ？』

『ドラゴンの肉だって？』

ドラゴンの肉というワードにフェルもドラちゃんも見事に食いついた。

『そう。ドラゴンの肉。それでどうだ？』

『ふむ、そういうことなら受けてやらなくもないぞ』

『俺もそれなら受けてもいいかな』

『それじゃ依頼を受けるって返事しちゃうぞ』

『まぁ待て。受けてやらなくもないと言っただろう。そのドラゴンの肉は細切れではなく、分厚く切った肉だぞ。分かったか？』

『はいはい、分かりました。分厚く切ったドラゴンステーキね』

『うむ。分かっているならそれでいい。その依頼、受けてやろう』

フェルとドラちゃんが満足そうにニヤついている。

分厚く切ったドラゴンステーキか。

高くついた気もしないでもないけど、気苦労の多い同志（？）のためだと思えば安いものか。

このあと、イサクさんに依頼を受けると伝えたら、嬉《うれ》し泣きしていたよ。

本当に苦労してるんだねぇ。

あとで手持ちで3本ほど残してある【神薬　毛髪パワー】をこっそり分けてあげてもいいかもしれない。

ランベルト商会から仕入れたものだと言えば、そもそもここは国も違うし、伯爵様にしてもランベルトさんにしてもそんなに目くじら立てることにはならないだろうしね。

とりあえず【神薬　毛髪パワー】の件は置いておいてだ、まずやらねばならない案件はやはりタイラントフォレストパイソンの討伐の方だ。

この街に来る途中に街道に森サソリが出たことをイサクさんに話したら、顔を青くしながら相当焦っていたよ。

これもタイラントフォレストパイソンの影響で、早めに危険を察知して森から逃げ出した魔物の一部ということらしい。

人の通りもそれなりにある街道沿いということで緊急に対処しなければならないということで、イサクさんは急遽《きゅうきょ》Cランク以上の冒険者に依頼を出して街道沿いに派遣した。

とは言っても、やはり一番の対策はタイラントフォレストパイソンを討伐してしまうことだ。

「ムコーダさん、申し訳ありませんが可能でしたら今から南の森へむかっていただけると……」

依頼を受ける話になってはいるし、祈るような面持ちでイサクさんにそうお願いされてはさすがに断り難い。

俺としては南の森には明日にでもと考えていたんだけどね。

フェルとドラちゃんに聞いてみると、『嫌なことはさっさと終わらせた方がいい』とのことであっさり了解も得られたので（スイはぐっすり寝ているから事後承諾になっちゃうけどね）、俺たち一行はすぐさま南の森へと向かうこととなった。

◇◇◇◇◇

俺たち一行は、南の森の中へと入って大分奥まで来ていた。

「鳥の鳴き声一つ聞こえないな……」

森の中を不気味な静けさが覆っていた。

『大方アホのヘビ公が食っちまったんだろうよ』

アホのヘビ公って、ドラちゃん……。

もっとマシな呼び方あると思うぞ。

『おい、あれを見ろ』

フェルの呼びかけに背中から降りる。

そしてフェルの目線の先を見ると、低木をなぎ倒しながら何かが這《は》っていったような痕跡が。

相当な重量があるのか、地面が少し凹《へこ》んでいるのも見て取れた。

「これ、タイラントフォレストパイソンが這って行った跡か?」

『うむ。この先にあれの気配もあるから間違いないな』

「この先からか。しかし、デカそうだな……」

これ凹みの幅が1メートル半くらいあるぞ。

『通常の個体より大きそうではあるな』

『大きい魔物、スイがビュッビュッってしてやっつけるんだー!』

森の中に入ってから起き出してきたスイはタイラントフォレストパイソンを倒すと張り切っている。

『おいおい、手柄の独り占めはダメだぜ。最初は乗り気じゃなかったけど、せっかくここまで来たんだから俺もヘビ公狩りには参加するからな』

『ドラの言うとおりだ。我だって来たからには狩りに加わるぞ』

『むー、スイは一人でも倒せるのにー』

「まぁまぁ、スイは拗《す》ねないの。フェルとドラちゃんもいるんだから、みんな仲良く狩りをするんだぞ」

『しょうがないなぁ。分かったよー、あるじー』

そんな会話のあと、タイラントフォレストパイソンの痕跡をたどっていくと……。

フェルの念話で歩みを止めた。

『止まれ』

『いたぞ、あそこだ』

フェルが鼻先で指す方を見ると、木々の間をニシキヘビのような斑模様《まだら》のバカデカいヘビがゆっくりと這いずっていくのが見えた。

「デ、デカいな……」

細長い胴体の高さがどう見ても俺の身長を超えてんだけど、どんだけの太さあるんだよ。

以前ドランのダンジョンで見た階層主《ボス》のヘビの魔物ヴァースキやエイヴリングの最終階層にいたダンジョンボスのヒュドラに匹敵する大きさだ。

いや、もしかしたら大きさだけなら目の前にいるタイラントフォレストパイソンの方が大きいかもしれないぞ。

極度の緊張に思わず唾をゴクリと飲み込んだ。

『おいっ、気付かれたぞ！』

飛んでいたドラちゃんが逸早《いちはや》く気付いた。

方向転換したタイラントフォレストパイソンの頭がこちらに向かって来ていた。

「えっ、ちょっ、動き早くないか？」

スルスルと軽やかな動きで迫ってくるタイラントフォレストパイソン。

それを見て思わず後ずさる俺。

『目の前に食いものがあるのだから当然だ』

「というか、こいつ俺に向かってきてないか？」

『ヘビ公にとっちゃこの中じゃお前が一番のご馳走《ちそう》だろうからな。ってかとっとと逃げろ！　俺たちの攻撃の巻き添え食うぞ！』

ドラちゃんからの指摘に走り出すが、獲物である俺を逃すまいとするタイラントフォレストパイソンの動きも素早かった。

クワッと大口を開いたタイラントフォレストパイソンがいつの間にか俺の目前にまで迫っていた。

「うわわわわっ」

思わず尻餅をついてしまった。

急いで立とうとすればするほど足がもつれる。

『何をやっておる。早くしろ』

俺と迫るタイラントフォレストパイソンとの間に悠然と立ったのはフェルだった。

「あ、ああ」

急いで立ち上がって、後方へ下がろうとした瞬間……。

ドンッ――――。

丸い何かがタイラントフォレストパイソンの横っ面にぶち当たり吹っ飛んだ。

『スイがあるじを守るよー！』

あ……。

今、フェルのいいところだったかも。

チラリとフェルを見ると口元がヒクついていた。

そういや前にもこんなことあったような気がしないでもないんだけど……。

『アーッハッハッ、フェ、フェル、お前っ、華麗に登場したいいとこで、アハハハハハッ』

「こ、こらっ、ドラちゃん笑いすぎだぞっ」

飛びながら腹を抱えて爆笑しているドラちゃんに注意する。

『だってよー、プププッ』

「フェ、フェル、ほら、スイはまだお子様だからさ、場の空気を読むとかは無理だし、な」

宥《なだ》めるものの口元をヒクつらせ鼻息も荒いフェル。

「お、落ち着いて、な」

『すべてお前のせいだ。死ねい』

「えっ!?」

『フェルッ、独り占めはすんなって！』

ドラちゃんのその言葉と同時に、いつの間にか再び大口を開けて俺たちに迫っていたタイラントフォレストパイソンの目と鼻の中間辺りに先の尖《とが》った極太の氷の柱が撃ち込まれた。

その氷の柱に頭を地面に縫い付けられたタイラントフォレストパイソンは、そこから逃れようと細長く巨大な体をうねらせてのた打ちまわる。

バキッ、ミシミシミシミィィィッ――――。

巨体を打ち付けられた木々が音を立てて次々と倒れていく。

「げっ、うおぉぉぉぉっ」

倒れる木々に巻き込まれないよう必死によけた。

『ぐぬぬぬ、最後にとどめを刺すのは我だっ！　死ねい！』

憎々しげにそう言ってフェルが前足を振り下ろす。

それと同時にタイラントフォレストパイソンの頭が胴体からスパンッと切り離された。

のはいいんだけど……。

「な、なぁ、これ、死んでるんだよな？」

頭を切り離されてなお、その下の部分はうねうねとうねっていた。

『頭を切り離されたのだから当然だ。心配いらん。これはいつもそうなのだ。しぶとく動いているが、しばらくすると沈黙する』

ちょっぴり不貞腐《ふてくさ》れた感じでフェルがそう言った。

『さてと、これで終わりだな』

飛んでいたドラちゃんが俺たちの前に着地した。

『えー、もう終わりなの～？　スイ、ビュッビュッってできなかったー』

体当たりの攻撃しかできなかったスイはちょっと不満気だ。

『フン、何を言うか。我のいいところを邪魔しておいて』

小声でそう口にして少し拗ねるフェル。

「まぁまぁ」

俺は苦笑いしながらフェルの肩をポンポンと叩いた。

『拗ねるなって。こんなのは余興に過ぎないだろ。本番はダンジョンだぜ！』

『まぁ、ドラの言うとおりか。この鬱憤はダンジョンで晴らすとしよう』

『そうそう。ってことで、さっさと帰ってドラゴンの肉食おうぜ！』

『おお、そうだったな。うむ、今日は腹いっぱいドラゴンの肉を食うぞ』

『ドラゴンのお肉～』

フェルとドラちゃんとスイに急《せ》かされるようにタイラントフォレストパイソンを回収し、俺たち一行はヒルシュフェルトの街へと戻った。

◇◇◇◇◇

「どうも、イサクさん」

冒険者ギルドに帰り着いた俺たち一行を見て、イサクさんがポカンと口を開けた。

「え、え、え？　今朝出かけて行ったばかりですよね？　まさか討伐失敗とか!?」

あまりに帰りが早かったからなのか、討伐失敗だと勘違いするイサクさん。

そりゃそうか。

腹が減ったというみんなのために、途中で昼飯をとってから帰ってきたけどまだ日が沈む時間には早い。

ちなみにだけど、ドラゴンの肉とフェルもドラちゃんもスイも騒いだけど夕飯でなと言い聞かせて、昼飯には作り置きしていたオークの生姜《しょうが》焼き丼で済ませた。

「失敗なんてしてないですよ。ちゃんとタイラントフォレストパイソンを討伐してきましたから」

「ほ、本当ですか!?　失敗だったら失敗したってちゃんと言ってくださいよ！」

「いや、ですから失敗なんてしてませんって」

俺の後方で話を聞いていたフェルがヌッと顔を出した。

『おい、此奴《こやつ》無礼だな。噛《か》んでいいか？』

不機嫌な顔でそう言い放つ。

『噛んじまえ噛んじまえ。だいたい俺たちが行って失敗するわけねぇじゃんな』

「ダメに決まってるだろ。ドラちゃんも煽《あお》らないの」

イサクさんに聞こえないからってフェルを煽ったらダメだろうが。

「か、か、噛むって、大丈夫なんですかっ、ムコーダさんっ！」

そう言いながら怯《おび》えてイサクさんが俺を盾にする。

「フェルは変なこと言わないの。早く用事を済ませて帰るんでしょ。そうじゃないと夕飯が遠のくよ」

『む、それはいかんぞ。さっさと済ませて帰ろう』

「はいはい。イサクさん、タイラントフォレストパイソンはかなりの大物なので倉庫で出した方がいいですよね」

「そ、そうですね。そうしましょう、ささ、こちらに」

◇◇◇◇◇

タイラントフォレストパイソンはフェルの首にかけたマジックバッグの中に入っていた。

レオンハルト王国の冒険者ギルドだと俺の情報もある程度共有されちゃってるようだし、フェルが睨《にら》みをきかせていてくれることもあって騒ぎになることはなかったけど、ここは国も違うし一応念のためにね。

フェルの首にかけてあるそのマジックバッグからタイラントフォレストパイソンを取り出すと、イサクさんが口をあんぐり開けて固まった。

「ご依頼のタイラントフォレストパイソンです。このとおりきっちり討伐してきましたよ」

『当然だ。我らが向かって依頼失敗などするはずがないのだからな。それを此奴は』

『だよな。俺とフェルとスイがいるってのにアホのヘビ公を狩れないわけがないのにな』

ああもうフェルもドラちゃんもブツブツ言わないの。

「ムコーダさーん、ありがとうございます～。これで、これで、方々から責められなくてすみます。グスッ……」

イサクさん、安心したのは分かるけど、ハゲのおっさんに涙ぐまれても困惑するだけですから。

「ええと、清算お願いできますか？」

「ハッ、すみません。討伐報酬ですが、緊急依頼でもあったので金貨230枚になります。それから、素材の方はどういたしますか？　すべてギルドで買い取りさせていただいてよろしいですか？」

素材か。

美味《うま》い肉なら是非引き取りたいところだけど、タイラントフォレストパイソンは不味いっていうからな。

他の素材って言っても特に引き取りたいものはないし……。

あ、皮だけは少しもらっていってもいいかも。

珍しい素材みたいだし、本業が革製品の販売のランベルトさんへのお土産にしてもいいな。

【神薬　毛髪パワー】の販売を丸投げしちゃって世話をかけてるからね。

よし、皮を3分の1くらいもらっていこう。

その旨をイサクさんに伝えると、急いでも皮とその他の素材の買取代金を渡せるのは明後日《あさって》になってしまうということだった。

「そういう話だから、明後日までこの街に滞在するぞ」

そう言うと途端にあがる非難の声。

『えー、ダンジョンはどうすんだよー！』

『そうだ。ダンジョンはどうするのだっ』

「いやいや、しょうがないでしょ。皮と買取代金の受け取りが明後日なんだから」

そう言うとフェルがギロリとイサクさんを睨んだ。

「こらこら睨まない睨まない。こんな大きい魔物なんだから、しょうがないよ。ね、イサクさん」

「は、はいぃぃ。ど、どんなに急いでも明後日くらいまではかかってしまいますぅ」

フェルが睨むからイサクさんがビビッちゃったじゃないか。

「な、そういうことだから無理言わないの。ダンジョンは逃げないんだからいいだろ」

『フン、お主はダンジョン行きに積極的でないからそういうことを言うのだ』

『だよな』

胡乱《うろん》な目つきでフェルとドラちゃんから見つめられてギクッとする俺。

「い、いや、別にそういうことはないんだけどね、うん。と、ああ、そうだ、イ、イサクさんにちょっと聞きたいことがあったんだった」

『話、誤魔化しやがったな』

『うむ。誤魔化したな』

うるさいやい。

◇　◇　◇　◇　◇

イサクさんから話を聞いたあと、この街で借りている家へと戻った俺たち一行。

フェルとドラちゃん、そして眠りから覚めたスイが早くもドラゴンの肉と騒いでいる。

『おい、約束のドラゴンの肉を食わせろ』

『そうだぞ。早く食わせろ』

『ドラゴンのお肉食べるの～』

「あーもう、はいはい。夕飯にはちょっと早いけど用意を始めるから」

待ちきれないのか、キッチンにまで付いてくるフェルとドラちゃんとスイ。

しょうがないので演出も兼ねて、フェルたちの前で分厚いドラゴンの肉のステーキを焼いていく。

地竜《アースドラゴン》と赤竜《レッドドラゴン》どっちがいいって聞いたら、みんな即答で『どっちも！』だってさ。

既にドラゴンの肉を食わせるっていっちゃってるから、今更両方はダメとも言えず、みんなの希望どおり両方の肉を用意した。

まずは赤竜《レッドドラゴン》の肉からだ。

天日塩とミルで挽《ひ》いた香り高いブラックペッパーを振りかけたキレイな色の赤身肉を熱々のフライパンへ。

ジュゥウゥッという肉の焼ける音が耳に心地よい。

それとともに立ち上る肉の焼ける匂い。

目を爛々《らんらん》とさせるフェルとドラちゃん、そしてスイは興奮からかブルブルと小刻みに震えている。

『ま、まだか？』

『早く食わせろー』

『スイもお腹《なか》すいたの～』

フェル、ドラちゃん、スイの三方からせっつかれるが、これぱかりはどうしようもない。

ちゃんとしないと美味《おい》しい肉は食えないのだよ、君たち。

「うーん、もうちょっと」

いつもの赤身肉の焼き方で、両面を焼いたらアルミホイルをかぶせて5分ほど寝かせる。

そうすることでミディアムレアのいい感じのステーキに仕上がる。

『お、おいっ、まだなのか!?』

「ああ、もうそろそろいいかもなーって、フェル、きちゃない。口が涎《よだれ》まみれだぞ……」

『う、うるさい！　そんな美味そうな匂いを漂わせて我を待たせたお前のせいだぞ』

「あーはいはい、お待ちどおさま」

フェルたちの前にドラゴンステーキの載った皿を出した。

喜び勇んでドラゴンステーキにかぶりつくフェルとドラちゃんとスイ。

『むぅぅぅ、やはりドラゴンの肉は美味い！』

『うんうん、肉汁が口いっぱいに広がりやがる。やっぱりドラゴンの肉は肉の王様だな！』

『ドラゴンのお肉は美味しいねー！』

塩胡椒《こしょう》で焼いただけで極上の美味さなのがドラゴンの肉だもんな。

うん、やっぱ最高だわ。

ドラゴンの肉、もちろん俺もいただいております。

この美味い肉をフェルたちだけ味わうだなんてズルいからね。

俺もしっかり味わいますよ。

「しかし、ドラゴンの肉は美味いなぁ」

フェルとドラちゃんとスイは、塩胡椒のドラゴンステーキのあとにお馴染《なじ》みになりつつあるステーキ醤油《しょうゆ》で一通り地竜《アースドラゴン》と赤竜《レッドドラゴン》のドラゴンステーキを楽しんだ。

だが、それだけではまだまだトリオの食欲は収まらない。

そんなみんなのためにもう一品。

俺が用意したのは……。

『お主が作っているそれは〝カツ〟というやつだな』

『油で揚げてサクッとしたやつだな』

『パンっていうのに挟んでも美味しいんだよねー』

「ハハ、いろんな肉でカツは作ったから分かっちゃったか。今日はこれを塩で食ってもらおうかなって思ってな」

『塩だけでか？』

「そう。せっかくのいい肉だし塩だけでも十分美味いと思うぞ。とにかく食ってみてよ」

みんなの前にサクッときつね色に揚がったドラゴンカツを置いた。

「まずは、この塩でどうぞ」

そう言ってネットスーパーで仕入れたベージュがかった塩を振りかけた。

俺がまず選んだ塩は、口当たりがまろやかで個人的にも気に入っている藻塩だ。

『むむっ、お前の言うとおり塩だけでもイケるな！』

『うむ。肉が良いものだけにその肉本来のうま味を味わうにはこれで十分かもしれん。なかなかどうして悪くないぞ』

『お塩だけでも美味しーねー！　スイ、もっと食べるー！』

「それじゃあ次はこの塩で」

次に選んだのはほんのりと黄みがかったユズ塩だ。

ほのかにユズの香りが香る塩は、揚げ物にもピッタリだと思うんだ。

『む、これもいいな。何とも爽やかな香りがほのかに口の中に広がるぞ』

『油で揚げたカツにもピッタリ合うな、こりゃ』

『スイ、こっちの方が好きかも～』

パクパクと揚げたてのドラゴンカツを口に運ぶみんなを見ていたら、ついつい俺も食いたくなってきた。

スキを見て揚げたてのドラゴンカツをパクリ。

「アチッ……。けどサクっとして超美味い。やっぱユズ塩合うわ～」

うん、揚げ物にユズ塩はベストマッチだね。

『おい、もっと食うぞ。どんどんカツを揚げるのだ』

『そうだぜ。ドラゴンの肉は楽しみにしてたんだから、もっとたらふく食うからな！』

『スイだってドラゴンのお肉いーっぱい食べるもんねー！』

ステーキとカツで大分ドラゴンの肉を食ったはずのフェルとドラちゃんとスイなのだが、まだまだ食い足りないようだ。

「しょうがないなぁ。それじゃ、じゃんじゃん揚げていくからね」

このあとフェルとドラちゃんとスイは、言葉に違《たが》わずドラゴンの肉を食いまくった。

あまりにもフェルたちが食いまくるので、在庫管理をしている俺としては笑顔が引き攣《つ》るほどだったよ。

ドラゴンの肉を制限なしでみんなのご褒美にするのはダメだね。

貴重なドラゴンの肉が大分目減りしちゃったよ。

トホホ……。

第七章 ヒルシュフェルトの孤児院

翌日、俺はイサクさんから聞き出した情報を基に動き出した。

フェルたちには、今日は街の外には行かないと伝えたんだけど暇だからと俺の後ろにくっついてきていた。

いつものごとくスイは鞄《かばん》の中で寝ている。

寝てるなら家で寝ていてもいいんじゃと思わなくもないけど、スイを1人で置いていくのも心配だし。

それならということで、いつもどおりみんなで行動している。

『で、どこに行くのだ？　いつものように屋台で買い食いか？』

『お、いいなそれ。屋台の肉は味が薄いのもあるけどよ、こいつの持ってる調味料をつければ途端に美味《うま》くなるし』

いやいや違うからね。

買い食いなんかしないよ。

というか、俺の手持ちの調味料をつけてなんてドラちゃんは変なこと覚えなくていいからね。

そんなことじゃなく、俺が今から行こうとしているのは……。

「この街の孤児院だよ」

『孤児院？』

『何でそんなとこ行くんだ？』

「いやさぁ……」

俺が最初にこの世界に来たときはどうなることやらとハラハラしたけど、フェルたちと出会って経済的には何の心配もなくなった。

それどころか、フェルたちがいろいろとやらかしてくれるおかげで金は貯《た》まる一方だ。

何せ肉好きのみんなが日々食べる獲物を狩るだけで、その肉以外の素材が大金に変わるんだからな。

正直なところ、今じゃ手持ちの金が多過ぎて俺自身一体いくら持ってるのか正確な金額はわからなくなってきているくらいだし。

それだけ金があるのに、使いどころがないというか。

俺の身の回り品を買ったり、ネットスーパーで使う分くらいがせいぜいだ。

そんなのはいくら贅沢《ぜいたく》したってたかが知れている。

そりゃあ魔道コンロとかカレーリナの家とか家にいる奴隷のみんな（俺の認識としては誠心誠意働いてくれる従業員みたいな感じではあるんだけど）とかは、1度買ったらそう何度も買いなおすものでもないし。

とにかくだ、収入と支出のバランスが大きく違うからどんどんどんどん金は貯まっていっているのだ。

「フェルたちのおかげで懐の心配をする必要はまったくなくなったからすごく感謝してるけど、今はちょっと金があり過ぎなんだよ」

『む、そんなにか？』

「うん。10万枚になったところで数えるのをやめた。今は正直俺もどれだけあるのかわからなくなってきてる」

『言われてみると、確かにいろいろ狩ったからなぁ』

ドラちゃんが短い腕を組みながらそう言った。

「ああ。ドラゴンとかな。あれはすごい金額になった……」

地竜《アースドラゴン》と赤竜《レッドドラゴン》ともにね。

冒険者ギルドで買い取りし切れなかった素材がアイテムボックスの中にもあるし。

そうだよ、思い出したけどドラゴンの素材だけじゃなくて、他の素材もいくつもアイテムボックスに入ったたままだし、買い取りにさえ出してない魔物だってまだまだいくつもあるんだった。

まぁ、その辺は藪蛇《やぶへび》になるから今は置いておくことにしよう。

「とにかくだ、手持ちの金が増えることはあってもなかなか減っていかないんだよ」

『そう言われてもな……。我らでは金の使い道などないぞ。それこそ屋台での買い食いで使うくらいがせいぜいだ』

『だよなぁ』

「それは一緒にいれば分かるよ。でもさ、このままじゃ貯まっていく一方だっていうのは分かっただろ？」

『それは分かったが、どうしろというのだ？　まさか狩りを止《や》めろというのか？　それはできん話だぞ。お前は自重しろと言ったが、ドラゴンだって相まみえることがあれば狩る』

『俺だって止められないぞ。狩りは俺たちの本能みたいなもんだからな』

「止めはしないよ。みんなよく食うし、自分たちで食う肉くらいは確保してほしいしさ。それに、ぶっちゃけフェルたちが獲《と》ってきた魔物の肉の方が肉屋で売ってる肉よりはるかに美味いの分かってるからな」

『うむ、そうだろうそうだろう』

「まぁ、ドラゴンだけは狩るの止めてほしいけどね」

『む、積極的に探して狩りはしないが、相対すれば当然狩るぞ』

『そうだよな！　この前の赤竜《レッドドラゴン》みたいに俺らの前を横切れば当然狩るよな』

「いやいや、狩らなくていいから。って話が逸《そ》れたけど、とにかくだ、貯まっていく一方の金を有効活用しようって考えてるんだ」

『『有効活用？』』

「うん。社会奉仕としてね」

社会奉仕のことは、肉ダンジョンの街ローセンダールから戻ってきたあとから考えるようになった。

あの街の孤児院に寄付（パンの代金という名目はあったけど実質はそうだろう）したのがきっかけだ。

ボロボロの建物にカツカツの運営状況だったようだけど、それでもあそこの孤児たちはまだマシな方だったらしい。

耳に入るこの世界の孤児の生活はなかなかに厳しいもののようだ。

大人になれば嫌でも酸いも甘いも経験することになる。

ならば子どものうちくらい笑って楽しく過ごしてほしいじゃないか。

偽善と思われるかもしれないけど、それだけの資金が手元にあるんだからやらないよりはマシだと思う。

そう考えると寄付っていう手もありだなとずっと頭にあったのだ。

そのうちフェルたちにも相談してみようと思っていたそんな最中、この街でタイラントフォレストパイソンの討伐の依頼を受けてまた大金が入ってくることとなったわけだ。

「要は孤児院に寄付しようかなって。もう向かってるし、なんだか事後承諾のような形になっちゃって悪いんだけどさ。フェル、ドラちゃん、どうだろう？」

『お主の好きにしたらいいぞ。我は美味い飯が食えるのなら文句は言わん』

『俺も同じく。美味い飯が食えて、人の街のダンジョンにも行けるしな。今の生活はかなり気に入ってる。美味い飯さえちゃんと食わしてくれればあとのことはお前に任せる』

「そうか、ありがとな」

フェルとドラちゃんにはあっさり承諾をもらえた。

となるとあとはスイだな。

幼いとは言え、フェルやドラちゃんとともに魔物を狩ってくれているのだから一応話はしておこう。

スイを起こして、スイにも分かりやすいように一通り話をした。

「スイ、どうかな?」

『うんとね、よく分かんないけど、スイはあるじの美味《おい》しいご飯が食べられればいいの～。あとね、ビュッビュッてして戦えると楽しいよー！』
ス、スイにはちょっと難しかったかな？
『スイも問題なかろう。スイにしても人間の使う金の使い道などない』

『だな。スライムが人間の金持って買い物とかしてたら俺でも驚くわ』

いや、ドラちゃん、それは俺だって驚くよ。

「それなら、孤児院へ寄付させてもらうよ。ああ、もちろん自分の目で見てしっかり確認してから寄付するよ。運営者が私利私欲まみれの人だったりしたら寄付しても横領されるだけだろうしね。

ああ、それから女神様たちの教会にもお布施しようかって考えてる」

『うむ、それはいい考えだ。ニンリル様もお喜びになるだろう』

「いや、ニンリル様のとこだけじゃないからね」

『よし、早速行くぞ』

「ちょちょちょ、フェル、そっちじゃないからっ。先に孤児院に向かうんだからね！」

◇ ◇ ◇ ◇ ◇

イサクさんから聞いたこの街の孤児院を建物の陰からそっと覗《のぞ》いた。

子どもたちの元気な声が聞こえてくる。

その元気な声を耳にして、貧し過ぎて食うものも食えず子どもたちが弱っているというようなことはなさそうなので少し安心した。

しかし、やっぱりというか、ここの孤児院もローセンダールの孤児院と同じく施設にまでは目が届かないのか老朽化が進みボロ屋のようだ。

「少し聞き込みしてみるか……」

聞き込みを開始するが、俺の後ろに控えたフェルとドラちゃんを見ると驚かれて逃げられてしまうことが何度か続いた。

あらかじめ「後ろにいるのは従魔なんで気にしないでください」と伝えたけど、今度は萎縮してしまってなかなか話してくれない。

困った末に試しに銀貨1枚そっと渡したら、そりゃあもうなめらかにしゃべってくれました。

みんな聞いてないことまでペラペラペラペラ。

いろいろと知ることができたから、結果オーライだけどね。

金の力は偉大なり。

で、集めた情報によると、ここの孤児院は一応は水の女神様の教会が運営しているという。

信徒である元冒険者の爺《じい》さんが院長となって、主に子どもたちの世話をしているらしい。

しかしながら、爺さん一人では当然目が行き届かないところも出てくるため、補助として教会から見習いシスターが数人交代で派遣されてくるそうだ。

それでなんとか孤児院を運営しているとのことだ。

院長である元冒険者の爺さんは悪いことをすれば拳骨《げんこつ》が飛ぶおっかない爺さんらしいが、子どもたちの面倒見は良くて子どもたちからも歳《とし》のいった父親のように慕われているという話だ。

しかしながら、外観を見ても分かるとおり経済的にはカツカツらしい。

孤児院の運営費は基本的にそこの領主からの援助金と所属している教会からの援助金、そして直接の寄付金によって賄われていると聞いた。

とは言ってもどれも現実は雀《すずめ》の涙程度のものらしいけど。

考えてみると、領主からの援助金だって優先順位を考えると孤児院が上位ってことはあり得ないだろうからそんなに多くはないだろう。

教会からの援助金だって、教会自体がお布施で運営されてるようなもんだから、きっとそんなに多くは援助できないよな。

寄付金なんていうのも少なそうだ。

だってこの世界、セーフティーネットなんてものはないから自分の日々の生活でいっぱいいっぱいだって人ばかりだし。

孤児院はどこも厳しいのが現状なのだということをローセンダールの孤児院の院長先生から聞いていたけど、目の当たりにするとその話を実感するな。

ここから見える孤児院の建物に目をやると、なんとも言えない気持ちになった。

あの建物はボロすぎるだろ……。

雨漏りもしてるんじゃないかな、あれは。

聞き込みした範囲では寄付しても問題なさそうだけど、やっぱり実際に見て接してみないと分からない。

ということで見学させてもらうことにする。

まぁ、そうなるとただというわけにはいかないだろうけど、寄付に値しないと判断するならば額を減らしてそれこそ金貨ほんの数枚程度渡して帰ってきてしまえばいいだけだしね。

◇　◇　◇　◇　◇

「すいませ～ん」

孤児院の門扉を少し開けて声をかけた。

すると出てきたのは……。

「おじちゃん、だぁれ？」

うさ耳の5歳くらいの幼女。

この世界でおじちゃん呼ばわりされることが少なくないとは言え、やっぱりグサッとくるものがある。

「ええと、お嬢ちゃんおじちゃんじゃなくてお兄ちゃんって呼んでくれるかな。それから、院長先生を呼んできてくれるかな？」

「わかったー」

幼女がタタタッと走り去った。

そして少しすると、厳《いか》つい爺さんの手を握った幼女がやってきた。

「このおじちゃんがねぇ、いんちょうせんせーよんできてっていったの～」

うさ耳幼女よ、おじちゃんじゃなくてお兄ちゃんって呼びなさいって言ったでしょ。

「お、あんた……。まぁ、いいや入ってくれや」

院長である爺さんに招き入れられてフェルたちとともに孤児院の敷地へと入った。

入ったとたんにわらわらと子どもたちが集まってくる。

怖いもの知らずの子どもたちのキラキラした目線の先にはフェルとドラちゃん。

『お、おい』

「おおかみさんとドラゴンさーん！」

「「「「わぁ～い」」」」

『お、俺もか!?』

もふもふのフェルは当然だけど、ちっこいドラゴンも子どもたちにとっちゃ物珍しいもんに決まってるじゃないの。

子どもたちに囲まれてもみくちゃにされるフェルとドラちゃん。

『これっ、引っ張るでないっ！』

『ちょっ、ペタペタ触りまくるなって！』

フェルの声は聞こえてるけど、ドラちゃんの念話は俺にしか聞こえてないからね。

まぁ、声が聞こえたとしても子どもたちがそれで止めるとは限らないけど。

「ありゃあフェンリルか」

「まぁ、一応」

時々フェンリルの威厳もへったくれもないときがありますけどね。

しかし、よくすぐに分かったな。

ある程度のランクの冒険者じゃないと見当つかないはずなのに。

そんな気持ちが顔に出ていたのか、爺さんが笑いながら「俺も元はAランクの冒険者だからな」と教えてくれた。

「しかし、フェンリルを従魔にした冒険者がいるって話は聞いていたが、本当だったとはな。実際に見るまでは眉唾もんだと思ってたぜ」

ですよね、普通は。

「で、もう1匹の従魔はドラゴンの子どもか？」

「いえ、ピクシードラゴンっていう珍しい種類のドラゴンです。あれで成体なんですよ」

「ほう、フェンリルだけでなく珍しい種類のドラゴンまで従魔にしてるとはずいぶんと優秀なテイマーなんだな」

「どうも。それから……、この特殊個体のスライムも仲間です」

いつもの革鞄の中で眠っていたスイを抱き上げて爺さんに見せた。

「ガハハハッ、スライムを従魔にしているテイマーは初めて見たな」

世間一般ではスライムは雑魚魔物ですからねぇ。

「あーっ、狼《おおかみ》とドラゴンがいる！　スゲェ！」

孤児院の建物から出てきた10歳くらいの男の子が、フェルとドラちゃんを見て満面の笑みを浮かべながらそう言った。

そして、一目散に駆けよろうとすると……。

「ちょーっと待て！　コルネ、お前、当番の仕事はやったのか？」

コルネという少年の首根っこをつかむ院長の爺さん。

「ゲッ、ジジィ」

「ジジィじゃねぇよ。院長先生と言えっていつも言ってるだろが。で、当番の仕事は？」

「えーっと、その……」

「やってねぇんだな？」

「うん……」

「遊ぶ前にやることはやれ。いいな」

「エー、みんなのところ行きたい。俺だって狼とドラゴン触りたいよー」

「俺は遊ぶなとは言ってねぇぞ。遊ぶならやることやってからだ」

「でもー」

「やらなきゃいけないことやらねぇで遊び惚《ほう》けてるようなら、お前は今日の晩飯は抜きだからな」

「何だよ、晩飯って言ったって味の薄いイモのスープにカチカチに固いパンじゃんかよ」

「ほー、コルネは晩飯いらねーってことか」

「いるよ、いる！　わーったよ、ちゃんと当番の仕事してくればいいんだろ」

コルネ少年が渋々ながら踵《きびす》を返して孤児院の建物の中へと戻っていった。

「ハァ、言うことを聞かねぇ奴《やつ》が多くて参るぜ」

なんか見るからにやんちゃっぽい子が多そうだもんね。

お疲れ様です。

「それでだ、優秀なテイマーの冒険者がこんな孤児院なんかに何の用なんだ？」

「えーっと、まぁ、その、少しばかりですが寄付をさせていただこうかと……」

俺がそう言うと、ニカッと笑った爺さんががっちりと肩を組んできた。

「あんたいい奴だな。見てのとおり貧乏孤児院だ。寄付は年中いつでも受け付けてるぜ。ささ、中へ行こう」

ちょ、爺さん厳つすぎて笑顔が怖いから。

それに何で肩を組むの？

逃がさないってこと？

ズルズルと孤児院の建物の中へと引きずり込まれる俺。

『お、おいっ、お前何処《どこ》へ行く!?』

「あ、ああ、院長さんとちょっと話してくるから、フェルとドラちゃんは子どもたちと遊んでてよ」

『はっ？　行くな！　こ、この小童《こわっぱ》どもは我の手に負えんっ。……こらっ、そこのお主、毛を引っ張るでないっ』

『そうだぞ！　こいつら悪魔だ！　やめろって、翼を引っ張るな！』

さすがのフェルとドラちゃんも元気いっぱいの子どもたちには手こずっている様子だ。

「子どもたちにとってはフェルもドラちゃんも珍しいんだよ。ちょっとの間だけ相手してあげてよ」

『『ふざけるなー!!』』

フェルの声とドラちゃんの念話の声がシンクロした。

フェル、ドラちゃん、健闘を祈る。

『ねぇねぇあるじー、スイは寝てるねー』

お眠のスイはそう言ってスルリと革鞄の中に入ってしまう。

「よし、子どもらはいい遊び相手がいるから少しの時間は大丈夫だな。その間に俺たちもしっかり話しようじゃないか。な！」

な！って爺さん……。

ほんとこの人何で孤児院の院長なんてしてるんだろうね。

◇　◇　◇　◇　◇

「とまぁこんな感じだな」

院長の爺さんの話によると、やはりというか孤児院の経営はカツカツで自転車操業状態と言ってもいいものだった。

基本的に孤児院の子たちは14歳でここを出て独り立ちをすることになっているそうなのだが、出ていく子どもよりも新たに入ってくる子どもの方が多いのが現状なのだそう。

親を亡くしてしまった子どもや、様々な理由で生活が立ちいかなくなってせめて子どもだけでもという親の意向で連れてこられた子ども、いずれにしろこういう子どもたちがいなくなるということはない。

そんなこともあり、子どもたちは11歳から12歳くらいから実益と職業訓練のために働き始めるそうだ。

商人やら料理人、職人などになりたい者は、孤児院や教会の伝手《つて》を使ったりさらには自分たちから売り込みをかけたりして仕事を得るという。

冒険者になりたい者は、元Aランク冒険者でもある爺さんからみっちりと冒険者としての基礎を仕込まれるそう。

そのうえで街の外で薬草採取などに励むのだという。

もちろん、街の外とは言っても街にすぐに逃げ帰ることができる極近い場所に限るうえに、森の中へ入ることは厳禁だと爺さんのお達しのうえでだが。

冒険者ギルドで冒険者でなくても一応買い取りはしてくれるから（もちろん多少買い叩《たた》かれることにはなるようだけど）、それで金が得られるというわけだ。

とにかくだ、そうして得た収入の半分は孤児院に、残りの半分はそれぞれ自分たちが独り立ちをするときの資金にするのだそう。

この孤児院では、手伝いに来るシスターたちに頼んで簡単な読み書き計算は指導してもらってるとのことで、それもここの子どもたちが独り立ちするときに大いに役立っているようだ。

俺も爺さんに聞いて初めて知ったけど、宗教職に就く者はある程度学業を修めた者が多いということで簡単な読み書き計算は教えることも可能なのだそう。

「だからな、ここの出身者は評判がいいんだぜ」

爺さんが少し自慢げにそう言った。

実際、将来有望と認められた子どもは、14歳を待たずして丁稚《でっち》に出る場合もあるという。

「まぁそういうのを聞きつけてなのか、わざわざここに子どもを預けていく親も多いのが悩みの種ではあるんだがな。年々子どもも増えていく一方で、今は食わせていくので精一杯だぜ」

そうボヤく爺さん。

孤児院の資金のほとんどが食費に消えていく有り様なのだという。

育ち盛りの子どもたちの腹を満たすには、質より量が肝心。

限られた少ない予算の中でも何とか数をそろえられる食材、イモやら固い黒パンが食卓に上る日々が孤児院では当たり前になっているそうだ。

「とりあえず腹を満たすことを優先すると、どうしてもそうなっちまうからな。子どもらには不評だが、贅沢は言ってられねぇさ」

そういえばさっきのコルネ少年も味の薄いイモのスープにカチカチに固いパンとか言ってたなぁ。

そんなんばっかり毎日出てくるなんて不憫《ふびん》過ぎるぜ。

って、俺、肉ダンジョン産の肉をたくさん持ってるんだから、それでご馳走《ちそう》するのもアリだな。

大したものは作れないけど、味の薄いイモのスープにカチカチに固いパンよりかは大分マシだろう。

ちょうどローセンダールの孤児院で仕入れたパンも大量にあるしね。

子どもたちはこんな食生活なんだから、たまにはちょっとした贅沢をしたっていいと思うんだ。

そのことを爺さんに話してみると……。

「本当か!?　子どもたちが喜ぶだろうぜ。是非ともお願いする」

◇◇◇◇◇

爺さんに案内された孤児院の調理場。

使い勝手が悪そうなうえ、かまど式だった。

「うーん、古い建物だからしょうがないか。それならそれで……」

俺は愛用の魔道コンロを取り出した。

そして、いつものようにネットスーパーを開く。

爺さんには俺一人で大丈夫だからと言って送り出しているから問題ない。

「さて、何を作るかな。子どもに食わせるんだから、栄養があるものがいいよな。それに量も必要だろうから大量に作れるものがいい」

食べ盛りの子どもたちに食わせるんだから栄養と量が必要だ。

となると……。

「あ、ポークビーンズなんていいかもしれない」

ポークビーンズ。

アメリカの代表的な家庭料理で、よく映画なんかにも出てくる料理だ。

映画で見てどんな味なんだろうと思って調べて自分でも作ってみたことがある。

要は豆の入ったトマト煮込みだ。

その名のとおり、豆をたっぷり使うし野菜もたっぷりで栄養満点で子どもたちに食わせるにはピッタリの料理だろう。

よし、作るのはポークビーンズで決まりだな。

「そうと決まれば必要なのは……」

まず購入したのはヒヨコ豆の水煮だ。

こっちの世界では、豆というとヒヨコ豆に似たヒヨ豆というのがよく使われる。

だからヒヨコ豆の水煮は欠かせない。

それから大豆に似たソヨ豆というのも割と見かけるので、大豆の水煮も今回使うことにした。

あとはタマネギ、ニンジン、ジャガイモ、ニンニクとホールトマト缶だ。

「さあてと、調理開始だ。まずは肉からだな」

アイテムボックスからダンジョン豚の肉を取り出して1・5センチ角くらいに切って塩胡椒《こしょう》をする。

その後は、タマネギ、ニンジン、ジャガイモを1センチ角の角切りにして、ニンニクはみじん切りに。

ヒヨコ豆と大豆の水煮は水気を切っておく。

鍋にオリーブオイルを引いてニンニクのみじん切りを入れ熱し香りが出たら、ダンジョン豚の肉を炒《いた》めていく。

ダンジョン豚の肉の色が変わったところでタマネギ、ニンジン、ジャガイモを入れてさらに炒めていく。

野菜がほんのり透き通りある程度火が通ったところで、つぶしたホールトマトと水、それからコンソメを入れて煮立たせる。

煮立ったところでヒヨコ豆と大豆の水煮を入れて、あとは野菜が柔らかくなるまで煮込んで最後に塩胡椒で味を調えれば出来上がりだ。

味見をしてみると……。

「うん、野菜の甘みが溶け込んでこれなら子どもも好きな味になってるんじゃないかな。豆がたっぷり入ってるから栄養満点なうえに食べ応えもあるしね」

『あるじー、それスイも食べたいなぁ～』

いつの間にか起き出していたスイの期待のこもった声が頭の中に響いた。

「あー、これはここにいる子たちのために作った分だから少しだけだよ。スイたちの分は帰ったらちゃんと作るから」

『うん、分かったー』

いつもより少ない量のポークビーンズを盛った皿をスイの前へ。

「どうだ？」

『お肉がちょっと少ないけど美味しいよー。お豆さんも美味しい！』

「そっかそっか、良かったー」

肉も多めに入れたつもりだけど、栄養を考えてそれ以上に豆と野菜をたっぷり入れたからね。

スイのお墨付きももらったしまず合格かな。

院長室にいた爺さんに料理ができた旨を伝えると、すぐさま子どもたちに声をかけてくれた。

そして、古くはあるが広い食堂にワラワラと集まってくる子どもたち。

俺と院長の爺さんはそれを立って見ていた。

「今日はな、特別にこの兄ちゃんが美味い昼飯を作ってくれた。感謝していただくように！」

「「「「「はーい」」」」」

そう元気な声がすると、ダダダッと配膳台に押し寄せる子どもたち。

しかし、厳しい爺さんがいるからかきちんと並んでいるところは可愛《かわい》いものだ。

学校給食を思い出す様相だな。

そして配膳を担当するのは、年のころは16、7歳だろう見習いシスターの初々しい美少女2人組。

配膳はいつも見習いシスターが担当するということでこうなった。

ここまでこの2人を見かけなかったのは、商人になりたい子たち向けの追加の授業をしていたからしい。

そんな中、疲れた様子のフェルとドラちゃんが食堂にやってきた。

フェルには少々狭い戸口のようだったが何とか壊さずに済んだ。

『ひどい目にあった……』

『ホントだぜ……』

フェルもドラちゃんもすぐにグデンと寝そべった。

『おい、我にも飯だ飯。飯を食わねば持たんわ』

『俺も飯ー』

『えとな、これは子どもたちの料理だから、お前たちの分はそんなに用意してないんだ』

念話でそう言うとガバリと起き上がるフェルとドラちゃん。

『何だと!?』

『お前が言うから小童の相手をしてやったのだぞ！』

『あー、でもこれ野菜たっぷり入ってる煮込みだぞ』

『ぐぬぬぬぬ、野菜か……』

『肉が食いてぇ……』

『まぁまぁ、帰ったらフェルとドラちゃんとスイの分はちゃんと作るから、ここはちょっとだけ我慢してよ』

『肉だぞ。肉を食わねばやってられん』

『そうだ、肉だぞ肉！』

『はいはい、分かってるって』

元気な子どもたちは余程フェルやドラちゃんを疲れさせたようだ。

伝説の魔獣も形無しだね。

そんなことを考えながら、フェルとドラちゃん用にとっておいたポークビーンズの載った皿をそれぞれの前に置いた。

『うむ、味はまぁまぁだがやはり肉が食いたいな』

『ああ。疲れた体にはやっぱ肉だよ肉』

ハハ、フェルとドラちゃんの元気の源は肉ってことか。

『スイも食べたいなぁ……』

『んーでもスイはさっき食ったでしょ。もう残ってないしさ。帰ったら作るからちょっとだけ我慢してくれる?』

『うん、スイ我慢するー。だからスイにもお肉いっぱい食べさせてねー!』

『ハハハ、分かりました』

スイの元気の源も肉ってことだな。

そうこうしているうちに子どもたちへの配膳も終わり、子どもたちがポークビーンズをパクつき始めた。

「おイモ以外の野菜がいっぱい入ってる!」

「お肉が入ってる!」

「美味い!」

方々から嬉《うれ》しそうな声があがった。

何より子どもたちみんなが美味そうにパクパク食ってるのを見ると嬉しいものだ。

それに見習いシスターの美少女2人組もキャッキャ言いながら美味そうに食ってくれていた。

かわええなぁ……。

「おい、鼻の下が伸びてるぞ。言っておくが、手、出すなよ」

隣にいた爺さんが俺を睨《にら》みながらそう言った。

「な、な、何言ってるんですかっ。手なんて出しませんよ！」

美少女2人組は目の保養になるだけだ。

断じて手なんて出しませんよ。

だいたい元の世界の倫理観があるから、女子高生と同じくらいの子になんか手なんて出せないって。

「ま、それならいいけどよ」

「そ、そんなことより院長さんは食わないんですか？」

「俺は最後にいただくわ」

「そんなこと言ってたらなくなっちゃいそうですよ」

多めに寸胴《ずんどう》鍋2つにポークビーンズを作ったんだけど、子どもたちの食いっぷりは予想以上でほとんどの子がおかわりしていく。

「それならそれでいいさ。みんなあんなに美味そうに食ってんだからよ」

そう言って院長の爺さんは嬉しそうに子どもたちを見つめていた。

ホント、この爺さん厳つい顔に似合わず優しい爺さんなんだな。

◇◇◇◇◇

昼飯を食い終わった子どもたちが食堂から捌《は》けていった。

食堂から去っていく子どもたちが「おじさん、ありがとう」とか「おじさん、すごく美味しかったよ」と声をかけてくれたよ。

誰一人として〝お兄さん〟とは言ってくれなくて地味に心が痛かったけどね……。

子どもたちが出て行ったあとに鍋を覗いてみると案の定というか、ポークビーンズはきれいさっぱり消えて鍋の中には豆の一粒さえ残っていなかった。

院長の爺さんの分は残っていない。

鍋を回収しながらそう伝えると、爺さんは「あいつらが腹いっぱい食えたんだからそれでいいさ」と言っていた。

爺さんだって子どもたちと同じく普段はイモと固いパンばっかりなんだろうに。

自分用にと皿に取り分けてアイテムボックスにしまっておいたポークビーンズを爺さんに出してやった。

「いいのか？」

「俺はどっちみち帰ったら食事を作らなきゃならないんで。あれだけじゃ足りないですから」

そう言いながらフェルたちを見やると、爺さんも「ああ、確かに」と納得顔だ。

ローセンダールの孤児院で作ってもらったコッペパンもいくつか出して爺さんに渡した。

爺さんが歳に似合わない食欲でガツガツとポークビーンズを口に運ぶ。

「おお、こりゃあ美味いな。やつ等《ら》が先を争うようにおかわりしていたのも分かるわ」

「ありがとうございます。しかし、手元にある材料で手早く作れるものに限られましたからたいしたものは作ってないんですけどね」

「肉に野菜に豆まで入った料理なんて、俺たちにとっちゃ豪華も豪華な食事だぜ。肉を食えるのなんて年に数回ってとこだからな」

「肉を食えるのは年に数回……」

うう、うちは毎日というか毎食肉たっぷりだというのに。

子どもたちが不憫過ぎて、なんだか罪悪感さえ感じるよ。

肉ダンジョン産の肉がたくさんあるんだから、ここは少しお裾分けしようと思う。

「あの、ちょっと前に肉ダンジョンに行ったのでそのときの肉を少しお分けします」

「なにっ、本当か!?」

身を乗り出してそう聞いてくる爺さん。

爺さん興奮し過ぎ。

血圧上がるぞ。

「落ち着いてください。まずは、飯を食っちゃってくださいよ」

「お、おう」

ガツガツムシャムシャと年齢を感じさせない勢いで急いで飯をかっ込んでいく爺さん。

「よし、食い終わったぞ。んで、さっきの話の続きだが……」

「早っ。じゃ食器を回収させてもらいますね」

「いや、それよりさっきの話の続きをだな」

「分かってますって。肉ダンジョンの肉ですよね。ダンジョン豚の肉もダンジョン牛の肉もありますからどっちもお分けできますよ」

「おおっ、そいつはありがたい」

「量はどうしましょう？　あまり多くても腐らせちゃいますよね」

ここに俺がこの前手に入れたような冷蔵庫のような魔道具なんてあるわけもないだろうし……。

アイテムボックス持ちの子どもでもいれば別だろうけど。

「普通はな。だが大丈夫だぞ、奥の手があるからな」

「え？　アイテムボックス持ちの子がいるんですか？」

「いるわきゃないだろが。アイテムボックス持ちなんて親戚が喜んで引き取ってるわ。そういう子

ども が孤児院になんか来るかってんだ」

確かに。

アイテムボックス持ちが職に困ることはないって話だからな。

「なら奥の手って何です？」

「まぁ、付いて来い」

◇◇◇◇◇

そしてやってきたのは再びの院長室。

「ちょっとだけここで待っててくれ」

爺さんにそう言われて待つこと数分。

「もう入ってもいいぞ」

呼ばれて部屋の中へと入った。

フェルとドラちゃんも付いいて来て入る。

鞄の中で寝ているスイやドラちゃんはまだしも、巨体のフェルがいるだけで部屋の中が窮屈に感じるな。

フェル自身も何だか窮屈そうに身をよじって小さく丸まっている感じだ。

『フェル、ドラちゃん、ここ狭いだろ。外で待ってたら？』

そう念話で伝えると……。

『断る！』

『俺も断固拒否だ！』

『エエッ、狭いだろ？』

『狭いが、外よりはマシだ。もう小童どもの相手をするのは懲りごりだ』

『そうだぞ。外に出れば絶対またあの悪魔どもが集まってきやがるからな』

フェルもドラちゃんもそう言いながら渋い顔してるよ。

『分かった分かった。それじゃ狭いかもしれないけど、ちょっと待っててな』

そう伝えるとフェルもドラちゃんも『分かった』と言ってあとは我関せずといった感じで座っている。

「なんかデカイのがすみません」

「フハハ、やつ等にこねくり回されたのが相当応えてるようだな。さすがのフェンリルもやつ等の勢いにゃあ勝てないか」

「ハハッ、そのようですね。みんな元気いっぱいでしたから」

「まぁ、そんだけが取り柄みたいなもんだからな。って、それはいいとして、俺の奥の手ってのはこれだ」

そう言いながら爺さんが見せてくれたのは、見覚えのあるようなちょっぴり古びた布製の袋。

「これは……、もしかしてマジックバッグですか?」

「ああ。やっぱ分かるか。俺が冒険者時代に手に入れたもんだ。あんたなら心配ないとは思ったけど、一応な。これがあることはみんなには秘密にしているしよ。そんなわけで、詳しい隠し場所までは知られるわけにはいかないもんでな」

なるほど。

だから、少し部屋の前で待たされたってわけか。

マジックバッグなら俺も持ってるし、どうこうしようとは思わないけど、普通に売れば一財産築けるような代物だしな。

慎重になる気持ちも分からないでもない。

爺さんの話によると、このマジックバッグは爺さんが冒険者時代にとあるダンジョンで手に入れたものらしい。

大きさは中くらいで時間経過も通常の10分の1くらいに抑えられたものだという。

「冒険者時代にこれにはずいぶん助けられたが、ここでも大いに助けられているぜ」

そう言いながら軽くマジックバッグをポンと叩く爺さん。

ここの孤児院の主食と言ってもいいイモやら固い黒パン。

まとめ買いすることで経費を抑えて数をそろえているというが、イモや黒パンがいくら日持ちするとはいえ限度がある。

そこでこのマジックバッグが活躍する。

安くまとめ買いしたイモや黒パンをマジックバッグで保存しながら、日々何とか遣《や》り繰《く》りしているというわけだ。

「そういうわけで、肉ももらえるだけもらうぞ。中もまだ半分くらいは余裕があるからな」

そう爺さんが言うもんだから、ポイポイとダンジョン豚とダンジョン牛の肉塊を出していった。

「お、おい、もう、もういいって！」

「え？　もういいんですか？」

「いやいや、多すぎだろうこりゃあ。こっちのマジックバッグにも大分入ったぞ、どんだけ狩って来たんだよ……」

どんだけって、うちのトリオが狩り尽くした階層があるくらいですかね、ハハハ。

「まだまだたくさんあるんですけど、本当にそれだけでいいんですか？」

「それだけって相当もらったぞ」

そうかな？

ダンジョン豚とダンジョン牛の20キロ前後の肉塊を10個ずつ渡しただけなんだけど。

肉ダンジョンではフェルとドラちゃんとスイが狩り尽くす勢いで狩りに狩ったからね、これでもほんのわずかでまだまだあるからね。

「遠慮しなくてもいいですよ」

「いや遠慮とかじゃなく、これ以上になるとマジックバッグが心配になってくるわ」

「それにしてもマジックバッグをお持ちの冒険者だった方が何で孤児院の院長さんなんてやってるんですか？」

俺の場合は完全にフェルたちのおかげで手に入れたもんだけど、爺さんは違うだろう。

自分で見つけたにしても買ったにしても、それなりの腕の立つ冒険者で金も稼いでないと手に入れることは無理な代物だろう。

爺さんは元Aランクの冒険者だとは言っていたけど、相当の手練《てだ》れだったのではと思われる。

「いや、まぁな……」

ちょっと困ったような顔をした爺さんを見て、あちゃーっと思う。

話の流れで思わず聞いてしまったけど、私的な質問過ぎたな。

「立ち入ったことを聞いてすみません。気にしないでください」

「いや、別にいいんだ。もう30年近く昔の話だしな」

よくある話だと言い爺さんがこの孤児院の院長になる経緯を話してくれた。

爺さんが30ちょいのころの話だ。

冒険者には珍しく早くに所帯を持った爺さんには、嫁と10歳になる息子がいた。

しかしながら、冒険者稼業で忙しかった爺さんは家を空けることもしばしば。

経験を積んでAランクにもなり、冒険者として乗りに乗っていたそのころの爺さんは特に忙しく動いていた。

この調子で行けばSランクも夢ではないと、パーティーを組んでいた仲間たちと冒険に繰り出す日々だったそうだ。

「仲間と依頼を受けて家を3か月ほど空けて帰ったら、息子が亡くなっていた……。流行《はや》り病《やまい》であっけなく逝っちまったそうだ……」

嫁には散々責められたという。

それも当然だと爺さんも話す。

「俺自身、何でそこにいなかったんだろうと何度も何度も数えきれないくらいに思ったからな……。俺がいれば、金をかき集めて教会の治癒魔法を受けることができたんじゃ。俺がいれば、伝手でなんとか特級ポーションを手に入れられたんじゃないか。俺がいれば、あいつは、息子は生きてたんじゃないかってな」

しかしそれはたらればの話。

息子さんは亡くなってしまった。

そのことが原因で嫁とも上手《うま》くいかずに離縁。

仲間は冒険者としてまた一緒にと誘ってきたが、爺さんはとてもではないがそんな気持ちにはなれなかったそうだ。

息子を失い酒に溺れる失意の日々を過ごした若かりし日の爺さん。

それを癒してくれたのは、近くにあった水の女神様の教会だったそうだ。

「それまでは水の女神様の信徒というわけではなかったんだ。たまたま近くにあった教会にフラッと入っちまってな。それがたまたま水の女神様の教会だった。でも、そこの司祭さんがいい人でな。俺の話を否定も肯定もせずにただ聞いてくれた」

それが立ち直るきっかけになったそうだ。

それからは、熱心に教会に出向くようにもなった。

そして、教会の運営する孤児院の院長が高齢で引退することになったとき、自ら名乗り出て院長を引き継いだそうだ。

「息子は亡くなっちまったけど、苦境の中で生きている子どもがいる。そんな子どもたちを少しでも助けられればと思ってな。せめてもの罪滅ぼしというか、自己満足なんだけどな」

爺さんにそんな過去があったとは……。

罪滅ぼしだろうが、自己満足だろうが、そういう気持ちになれたってことが素直にすごいと思う。

俺が同じ立場になったとき、そんな風に思えるだろうか？

とにかく、爺さんにはがんばってほしい。

そして、ここの子どもたちも。

俺はアイテムボックスから金貨の詰まった麻袋を２つ取り出した。

「これ、寄付金です。この孤児院のために役立ててください」

「お前、これっ……」

「俺はSランク冒険者ですからね。それなりに儲《もう》かってるんですから、これくらいはさせてください」

「フッ……、そうか。それなら遠慮なくもらっておくわ」

「まずはこのボロい建物をなんとかしてください。雨漏りしてるんじゃないんですか？」

「ガッハッハッ、分かるか。自慢じゃねぇが雨漏りしまくりだぜ」

「それじゃ、俺はもうそろそろ帰ります。運営がんばってくださいね」

「おう。……ムコーダさん、この恩は一生忘れねぇ。ありがとう」

爺さんがそう言って深々と頭を下げた。

何だよ、爺さん俺の名前知ってたのかよ。

◇◇◇◇◇

男気のあるいい爺さんだったな。

爺さんも子どもたちも孤児院を出てからのことを考えていろいろとやっているようだし、その辺のことは大丈夫そうだ。

まずはあのボロい孤児院の建物を建て替えてもらって、清潔に安心して暮らせるようになればいいけど。

俺にはそれくらいのことしかできないけど、子どもたちにはしっかりと生きていってほしいな。

フェルたちの世話になりっぱなしの俺が言うことでもないけどさ。

『これで帰るんだろ？　帰ったら肉食わせろよな』

『うむ。今日はたらふく肉を食ってゆっくり休むぞ』

俺の隣を歩くフェルといつもの俺の指定席であるフェルの背中に乗ったドラちゃんからの念話。

『フェルとドラちゃんには悪いけど、まだ帰らないよ。女神様たちの教会にもお布施するって話しただろ』

『ぬ、そう言えばそうだったな。ニンリル様のところにはやらんといかんな』

『えー、まだなのかよー。早く帰って肉が食いたいぜ』

『ドラ、そう言うな。我に加護をくださったニンリル様のところへは行かないといかん。よし、行くぞ』

そう言ってフェルがスタスタと足早に歩いていく。

『ったくしゃーねぇなぁ。とっとと終わらせて帰って肉食うぞ』

ドラちゃんもフェルに続いて飛んでいく。

『ちょっと！　行くぞって、フェルはニンリル様の教会どこにあるか分かってるのか？　ドラちゃんも待ちなさいって。だいたい行くのはニンリル様のところだけじゃないからなー！』

俺は先走るフェルとドラちゃんのあとを追った。

◇◇◇◇◇

フェルの主張によって一番に訪れた風の女神ニンリル様の教会。

「ここがニンリル様の教会か……？」

『おいおいおいおい、ずいぶんとショボいんじゃねぇの？』

ドラちゃん、確かにそう思うけど、こういうときは空気読んで黙ってようね。

『お、おい、本当にここなのか？』

俺たちの前にあったのは、教会というには何ともこぢんまりした木造の古びた建物だった。

その様相にはさすがのフェルも困惑気味の様子。

「そのはずだけど……」

イサクさんから聞いた話ではここのはずなんだけどな。

教会とは思えない建物を前に、どうしたものかと回りをうろうろしていると、中から白っぽい修道服のようなものを纏《まと》った20代後半くらいのシスターが出てきた。

「あの、何かご用ですか？」

「いや、ええと、ここって風の女神様の教会なんでしょうか？」

「もしや、信徒の方ですか!?」

期待の込められた視線。

「い、いや、信徒ではないんですけど……」

俺がそう言うと「そうですか」とあからさまにガッカリした様子のシスター。

「えっと、信徒ではないですが、少しばかりですが寄付をと思いまして」

そう言うや否やシスターがガシッと俺の両手を握った。

「本当ですか!?　ありがとうございますっ！　あなた様に風の女神様の加護がありますように。さっ、中へどうぞ」

えーとシスター、既に風の女神様の加護はあります。

それと手を放してほしいかな。

絶対に逃さないと気合が入っているのか、けっこうな力が入ってますからね。

「キャーッ」

俺の後ろにいたフェルとドラちゃんに気付いたシスターが悲鳴をあげた。

「あ、このデカい狼と小さいドラゴンは俺の従魔ですから」

「そ、そうなのですか。ど、どうぞ」

シスターどうぞと言った顔が引き攣《つ》っている。

それなのに俺の手は離さないところは、このシスターも根性入ってるよね。

フェルとドラちゃんがそれぞれ『おい、我は狼ではないぞ』とか『俺を小さいって言うな！』と念話で文句を言ってきたけど、華麗にスルー。

君たちは少し黙ってようね。

そしてシスターに案内されて入ったのは、小さな礼拝堂だった。

中央にはニンリル様と思《おぼ》しき木像が。

女神様だけあって慈愛に満ちた表情ではあるが、美人かどうかと問われると微妙。

ニンリル様は自分は美しいって言い張っていたけど……。

そもそもこれがニンリル様の姿そっくりかどうかもわからないしね。

「ゴホンッ、それでは当教会について説明させていただきたいと思います。ご存知かもしれませんが、風の女神様の信徒数は、他の火・土・水の女神の信徒に比べて少ないです。しかし、しかしですよ、その分熱心な方が多いのです！　ここに来てくださる方も……」

シスターの熱心なアピールが続いた。

そんなにアピールしなくても大丈夫なのに。

この街の各教会については、ある程度イサクさんからは聞いてるし。

エルマン王国とレオンハルト王国、それからマルベール王国もそうらしいけど、信仰については自由だ。

その信仰は1つとは限らず、火と土の女神様を信仰しているという人もいれば、水と風の女神様を信仰してるという人もいるくらいなのだ。

新しく信仰するのも辞めるのも自由というわけだ。

まぁ、それもこの3か国に限られる話ではあるけれど。

そういう自由な風潮の中で、私利私欲に走った司祭やシスターがいたらどうなるかは火を見るよりも明らかだ。

とは言ってもバカはどこにでもいるもので、実際にそういう司祭がいたらしいのだが、街全体から総スカンを食らってその街では信徒数がゼロになる結果を招いたという。

そういうこともあって司祭やシスターになる者にはあらかじめその辺が厳しく指導されるのだそうだ。

上層部の集まっている各国の王都の教会でも、信徒が祈りをささげる礼拝堂やらの建物には意匠を凝らすが、それ以外のことについては例えば上層部の指導者たちであっても立場上上質なものを身に着けはするが華美なものは避ける徹底ぶりなのだという。

そのため近年では宗教関連の不正事案はほとんどないと聞いている。

人族至上主義のルバノフ教という例外はあるが。

俺の耳にも入ってきていた話やイサクさんの話を総合するとこんな感じだ。

この街の教会のことについても、役職柄それぞれの教会の責任者たちとも会ったことがあるというイサクさんの話では特に問題ないということだったからね。

「あの……」

遠慮がちに声をかけてくるシスター。

すんません、話聞いてなかったよ。

でも、お布施《寄付》の金額は決まってるから。

各教会どこも同じ額でと思ってる。

ここで差を付けると、あとでうるさいだろうからね。

女神様たちから何言われるか分からないし。

だから差は付けないで一律金貨30枚だ。

そういうことだからさっさと渡して次の教会へ行こう。

フェルとドラちゃんも焦《じ》れてきているみたいだしね。

俺は、シスターに金貨30枚が入った麻袋を渡した。

それなりの重量がある麻袋を受け取ったシスターは満面の笑みを浮かべる。

「ありがとうございます。本当にありがとうございます！」

シスターが「あなた様に風の女神様の加護がありますように」と祈ってくれた。

そして教会をお暇《いとま》させてもらった。

去り際に振り返ったら、麻袋の中を見たシスターが「ヤッタ！　これで念願だった礼拝堂の改修ができるわー！」と小躍りしているのを目撃してちょっと笑ってしまった。

その後は近場から土・水・火の教会を順に巡ってお布施《寄付》をしていった。

どこもお布施は大歓迎で喜んでくれて丁寧にお礼もしてくれたので気分は上々だ。

ちなみにだけど、信徒数が一番多くいるのは土の女神キシャール様のところ。

次が水の女神ルカ様でその次が火の女神アグニ様のところだ。

キシャール様のとこの教会は、信徒数が一番多いということもあってなかなか立派な教会だった。

ニンリル様は甘味にかまけてないで、もう少しがんばった方がいいかもしれないね。

◇◇◇◇◇

『よし、肉を食うぞ！』

『そうだ！　肉だ肉ニクにくっ！』

「ったくも～、分かってるって」

帰ってきた途端に肉肉と騒ぎ出すフェルとドラちゃん。

『お肉食べるの一？　スイも食べるー！』

フェルとドラちゃんが騒ぎ出したせいでスイも起きてしまったのか鞄の中からポンッと飛び出してきた。

『お前にあのような小童どもを押し付けられたのだから当然だ！』

『まったくだぜ。ありゃあ悪魔だ悪魔。あいつらを相手にするだけでゴリゴリ体力を削られたんだからな！』

「はいはい分かりました。たっぷりと肉を出せばいいんでしょ。とは言っても今からだとそんな凝ったもんは作れないからな。簡単なのだ」

『簡単というと何が作れるのだ？』

「うーん、炒め物かな。野菜炒めはどうだ？　肉と野菜が食えてバランスもいいだろ」

俺がそう言うと、フェルが鼻にしわを寄せて歯を剝《む》き出しにしながら怒った風に『肉と言っておろうがっ』と言う。

別にそんな怒んなくてもいいだろうに。

「それじゃあオークの肉かダンジョン豚の肉で生姜《しようが》焼きとかは？」

これなら市販の生姜焼きのタレですぐできる。

『おお、生姜焼きか。それはいいな』

生姜焼きの味を思い浮かべているのか、フェルの口からは涎《よだれ》が。

汚いなぁ、もう。

『生姜焼、美味いよなぁ。俺も好きだからそれでいいぞ！』

『スイも生姜焼き好きー！』

ドラちゃんもスイも既に生姜焼きモードだ。

「じゃあ生姜焼きにするか。肉は……、ダンジョン豚だな。在庫がまだまだハンパない量あるし。米も炊いたのがあるから生姜焼き丼だな」

肉肉と言っても生姜焼きだけじゃ味が濃すぎるしね。

やっぱり米と一緒がベストだよ。

『それはいいが、野菜はいらないからな。米の上には肉だけを載せろ』

「野菜なしってキャベツがあった方がサッパリ食えるぞ」

『いいや、肉だけだ。肉だけを載せろ。たっぷりとな』

『俺も今日はガッツリ肉を食いたいからフェルと同じで頼む』

『スイもお肉いっぱいがいいー』

へいへい。

ったくしょうがないな。

市販の生姜焼きのタレを使ってパパッと作った生姜焼き。

それをフェルたちの希望どおりに丼に盛った飯の上にキャベツなしで直接載せていく。

『おい、もっとだ』

「もっとって、これでもたっぷり載せたんだぞ」

『それでは足りない。もっとだ』

フェルに催促されてさらに生姜焼きを盛っていく。

「こんなもんでいいだろ？」

『もっとだ！』

もっともっとと催促されて生姜焼きを積み上げていく。

「これでいいか？　これ以上は無理だぞ。崩れるからな」

そして最終的に出来上がったのは、こんもりとそびえ立つ生姜焼きタワー。

『うむ、これでいい』

フェルは目の前にそびえ立つ生姜焼きタワーにご満悦だ。

当然ドラちゃんとスイの前にも同じものが。

『こりゃあ食いでがあるな』

『美味しそ～』

そして目の前の生姜焼きタワーを攻略すべくガツガツと食い始めるトリオ。

瞬く間に攻略されていく生姜焼きタワーに「早すぎだろ」と苦笑いの俺だった。

生姜焼きタワーをそれぞれいくつか制覇してようやく満足したフェルとドラちゃんとスイ。

フェルとドラちゃんは子ども相手が余程疲れたのか、そのまますぐにご就寝だ。

ドラちゃんに至っては大好きな風呂までキャンセルするくらいだから相当疲れたんだろう。

俺とスイで風呂に入ったあと主寝室に向かうと……。

グォー、グォー――――。

フシュー、フシュー――――。

規則正しく聞こえてくる音。

発生元はフェルとドラちゃんだ。

「ククッ、フェルもドラちゃんもいびきかいて寝てるよ」

『面白い音ー』

「だな」

いびきをかきながらグッスリと眠るフェルとドラちゃんをスイと一緒に眺めながらクスリと笑い、俺たちも眠りについた。

◇◇◇◇◇

朝飯を食ったあと商人ギルドに向かい借りていた家の鍵を返却したら、その足でフェルたちを連れ冒険者ギルドへと向かった。

『この街を出たら一気にダンジョンへ向かうぞ』と宣言しているフェルたちは、冒険者ギルドへの道すがらも意気揚々だ。

冒険者ギルドへ入り窓口で声をかけると、職員の人がすぐにイサクさんの下へと案内してくれた。

イサクさんはというと、ギルドマスターの部屋で朝も早くから書類仕事に精を出していた。

「いらっしゃいませ、ムコーダさん。すみません、ほんのちょっとだけお待ちください」

急ぎの書類仕事なのか何か猛烈に書き込んでいる。

「あ、待ってますんで急がなくっても大丈夫ですよ」

職員の人が淹《い》れてくれたお茶を飲みながら、少しの間待つ。

「お待たせしました。よいしょっと」

イサクさんがそう言いながら重たそうな麻袋を4つテーブルの上に置いた。

「タイラントフォレストパイソンの討伐報酬の金貨230枚と素材の買取代金が金貨180枚で、〆《しめ》て金貨410枚です」

それからと、壁に立て掛けてあったグルグルに巻かれた絨毯《じゅうたん》みたいなものをドスンと俺の横に置いた。

それさっきから気になってたんだけど、その模様からすると、タイラントフォレストパイソンの皮だよね……。

「これがご希望の皮の3分の1です」

やっぱり。

ってか3分の1でこの重量感か。

ちょっと失敗したかも。

5分の1、いや6分の1くらいでも良かったかもしれないな。

大き過ぎるかもしれないけど、ランベルトさんへのお土産ってことでいいか。

ランベルトさんが気を使うようだったら、その皮でいくつかバッグや小物の製作を頼んでもいいし。

あ、この皮でうちのみんなへの小物を作ってもらって渡すってのもありだな。

まぁその辺はランベルトさんに要相談だな。

そう考えながら、金貨の入った麻袋とタイラントフォレストパイソンの皮をマジックバッグに収納していった。

「それではこれで」

「残念ですね。もう少しこの街にいていただいてもいいんですけど」

ダンジョンを心待ちにしているフェルたちがいるから、それは無理な話かな。

それに、長居するといろいろな仕事を押し付けられそうな予感がする。

苦笑いしながらこのあとすぐに街を発《た》つ旨伝えると、イサクさんが下の階の出口まで見送りに来てくれた。

「それではお世話になりました」

「いえいえこちらこそ。緊急依頼を受けていただいて本当に助かりました。ありがとうございました。またこの街にもお寄りくださいい。まぁそのとき私はまた別の街に飛ばされているかもしれないですけどね、ハハハ……」

イサクさん、哀愁漂いまくりだよ……。

あっ、そうだアレアレ。

アレを渡せば少しは元気出るだろう。

イサクさんに気付かれないようにアイテムボックスの中からそっと【神薬　毛髪パワー】を取り出した。

「イサクさん、お世話になったのでお礼にこれをどうぞ」

不憫過ぎるイサクさんの頭髪を思い、【神薬　毛髪パワー】のほか育毛シャンプーもおまけで付けてあげた。

「これは？」

「ええと、髪に効く薬というか……。こちらのシャンプーで頭髪を洗ったあとは水気をよく拭いて、こちらの育毛剤を少量ずつ手にとって頭皮全体に揉《も》み込むようにマッサージしながらつけてみてください」

そう言うと、俺が手にした【神薬　毛髪パワー】と育毛シャンプーを目を真ん丸に見開いて凝視するイサクさん。

「こ、これはもしや、レオンハルト王国の貴族の間で話題沸騰のっ……」

およ、知ってました？

「こちらの国まで噂《うわさ》になってますか。実はこれを販売している商人の方と懇意にしていて、いくつか譲ってもらっているんです」

「ム、ムコーダさぁぁぁんっ！　あ、あなたは僕の心の友ですーっ！　ウォォォォン、ウォンウォンウォン」

「え、ご、号泣？　というか、抱き着かないでくださいよっ」

「ムコーダさぁぁぁん」

「いやっ、ちょっと、離れてくださいよっイサクさんっ！」

禿《は》げ散らかしたおっさんに抱き着かれてもキモイだけですからーーーーっ。

「フェ、フェル助けて！」

フェルに助けを求めるも『知らん』とそっぽを向かれた。

お前、昨日のこと根に持ってるのかよーっ。

「ド、ドラちゃんっ」

ドラちゃんもツーンとそっぽを向いた。

ドラちゃんもかーっ。
ス、スイは？
鞄の中で熟睡中でダメだー。

一生懸命イサクさんを離そうと試みるが、この禿げ散らかしたおっさん案外力が強くてなかなか離れやしない。

「ありがとー、ありがとうございまずーーーっ」

「わ、分かりましたからっ、とにかく離れてくださいってば！」

悲しいかなここは朝の冒険者ギルド。

当然というか、たくさんの冒険者たちが集まっていた。

興味津々という目で注目を浴びる俺たち。

その中から「ギルドマスター、痴話喧嘩《げんか》かぁ？」などというヤジも聞こえてきた。

違うからねっ！

しかもこんな禿げ散らかしたおっさんとなんてあり得ないからっ！

「誤解だからぁぁぁーーーっ！！」

…………………

…………

……

「はぁ～、ひどい目にあった……」

なんとかかんとか不名誉な痴話喧嘩という誤解を解いたあと、足早にヒルシュフェルトの街を発った。

『フハハハハ、これであいこだ』

『だよな。昨日は俺たち助けてくれなかったもんな』

ぐぬぬぬぬぬ。

『よし、ダンジョンに向けて出発だ』

「クソー、同意するのは癪《しゃく》だけど、さっさとこの街から遠ざかるぞ！」

俺たち一行は、再びダンジョンのあるブリクストの街へと向けて出発した。

第八章 ブリクストの街、到着！

「あれがブリクストの街か。ダンジョン都市だからさすがにデカいな」

『やっと着いたか。もっと早く来ることもできたというのに』

「そんなこと言ったってしょうがないだろ。お前の上に乗ってる俺の身にもなってくれよ」

これ以上のスピードで走られたら、お前の上で○○《ピー》する自信あるぞ。

それにやっとって言うけど、カレーリナの街から通常なら馬車で2か月くらいかかるらしいところを3週間ちょいで着いたんだから上等だろう。

『んなこといいから、早く行こうぜ！　ダンジョンが俺たちを待ってるぜ！』

『む、そうだな。しかし、いよいよダンジョンか。人間の間では難関と言われているらしいが、実に楽しみだ』

そう言って目を爛々《らんらん》とさせながら今にも街に突入しそうなフェルとドラちゃんに待ったをかける。

「待て待て待てっ！」

待ったをかけた俺に不服そうな顔をするフェルとドラちゃん。

『何だ？』

『そうだよ、いよいよダンジョンだっつうのによ』

「いや、フェルもドラちゃんも行列を無視してそのまま街に突っ込もうとしてるだろ。そんなのダメに決まってるだろうが」

『ぐぬぅ……』

『チェッ、やっぱり並ぶのか？』

「分かってるじゃないか」

『いつもいつも街に入るときは並ばされて時間がかかる。お主がそう言うから仕方なく並んでやっているが、いいか、我はフェンリルなのだぞ』

「だから何？　フェンリルだから正面突っ切って街に入るっていうのか？」

『そうだ。我ならば簡単なこと。あの門の前にいる人間たちも何もできまい』

鼻息荒く何当然だって顔してんのさ。

ハァ～と思わずため息を吐《つ》いた。

「フェル、この国と戦争するつもり？　門の兵士を振り切って突っ込んで行くなんて悪手も悪手だぞ。大事にしかならないだろうが。そうしたらダンジョンどころじゃなくなるからね」

『むむぅ』

むむぅじゃないよ。

そりゃあフェルなら造作もなくできるだろうけど、それをやったらダンジョンなんて入ってる場合じゃなくなるよ。

『門の兵士を振り切ってってのがマズいんだろ？　それならやっぱり塀を飛び越えた方がいいじゃん。今までの街でもやろうとしたら散々お前に止められたけど、門からちょっと離れたところからこっそり塀を飛び越えたら誰もわかんないだろ』

ドラちゃんの言い分にもため息を吐いてしまう。

あのねドラちゃん、君も短絡的だよ。

「フェルとドラちゃんってさ、ものすごく目立つんだぞ。いつ街に入ったんだってなったとき、勝手に街に入ったなんてバレてみろ、フェルの案と同じく大事になるぞ。最悪街から追放だ。そうなったらダンジョンには入れないってことだからな」

『グッ……』

「結局一番いいのはな、ちょっと時間はかかるけどちゃんと並んで正規の手続きを取って街に入るってことだよ。そうすれば何の問題もないんだから、ダンジョンだって思う存分探索できる」

俺がそう言うとフェルとドラちゃんは渋々ながらも街に入る行列の最後尾に並んだ。

フェルとドラちゃんの姿を見てちょっとした騒ぎが起きたけど「俺の従魔です！」って言い回ってなんとか鎮静化。

俺たちの列の前後だけ妙に間が空いていたけどしょうがないね。

しばらく並んでようやくブリクストの街の中へ。

ここでもちょっと上の位の兵士の人が出て来て緊張気味に「ブリクストの街へようこそ。ごゆるりとお過ごしください」って挨拶されたよ。

この街にも王宮から指令が来てるってことだろうね。

◇◇◇◇◇

『あるじー、ダンジョン行かないのー?』

ようやく起きてきたスイが楽しみにしていたダンジョンに行きたそうにうずうずしている。

「うーん、今日はもう遅いし明日はダンジョン用の飯作りに充てるから……、明後日《あさって》からかな」

『なぬ!? 今日はもう仕方がないとしても、明後日というのは聞いてないぞっ』

『そうだそうだ! やっと着いたんだから明日から入るぞ!』

スイへダンジョンは明後日からだと返事をした途端にフェルとドラちゃんからダメ出しだ。

みんな相当楽しみにしてたから気持ちは分かるけど、家選びにけっこう時間かかっちゃったしダンジョンに入る前の準備もあるしなぁ……。

いつものようにこの街に着いてからまずは商人ギルドへ行って一軒家を借りることにしたんだけど、これがなかなか時間がかかった。

というのも、ここブリクストのダンジョンは難関ダンジョンと言われているが、その分そこから得られるドロップ品やお宝は高額なものも多い。

そうなると自《おの》ずと冒険者も多く集まってくる。

難関と言われるだけあって高ランクの冒険者も多く集まっていて、資金のある高ランク冒険者のパーティーが長期滞在する場合、俺たちと同じく一軒家を借り上げて拠点にしているそうだ。

そのせいか、いつも借りているくらいの一軒家の物件に空きがなくてな。

見せてもらった物件が小さ過ぎたり、古過ぎたりして、俺やフェルたちがなかなか気に入る物件がなかった。

そして、ようやっと決めたのがこの家だ。

15LDKのお屋敷で、庭も広い。

そのうえ街中の商店街に行くにも冒険者ギルドや商人ギルドに行くのにも便利な住宅街の一等地にあるという大豪邸だ。

家賃が高すぎて誰も借り手がいなかった物件を俺たちが借りた。

1週間の家賃が金貨100枚超えというから、今の今までなかなか借り手が現れなかったようだ。

家賃金貨100枚と聞いて俺もさすがに躊躇《ちゅうちょ》したけど、フェルとドラちゃんが気に入ったこともあって（スイは寝ていたから意見は聞けなかったけど）思い切ってここに決めた。

2週間借りることにして、端数切り捨ての〆《しめ》て金貨200枚。

経済活性化のお手伝いとセレブ気分が味わえるということでいいかと思うことにした。

というのは置いておいて、ダンジョンだよダンジョン。

フェルもドラちゃんもスイもここのダンジョンはすごく楽しみにしていたから、明日には入りたいと騒いでいた。

『明日だぞ明日！　我はずっと楽しみにしていたのだからな！　これ以上待てん！』

『俺だってそうだぞ！　難関ダンジョンって聞いてからずーっと楽しみに待ってたんだからな。ようやくダンジョンの街に着いたんだから、とにかく早く入りたいぜ！』

『スイもダンジョンに早く行きたいなぁ～』

「んー、でもさ、ダンジョンに入るとすぐに帰って来れるわけじゃないし、飯は大事だろ。ましてやここのダンジョンは難関っていうんだから、ダンジョンの中でも美味《うま》いもの食いたいだろ？　それじゃなくてもみんな味にはうるさいんだからさ」

『ぐっ、それはそうだが……。そ、そうだ、飯はダンジョンの中で作ればいい。肉はたっぷりとあるのだろう？』

『そうだそうだ！　料理を作るのに必要な、えーっと、魔道コンロ！　あれも持ってるんだからダンジョンの中で飯を作れるだろっ』

「あのねぇ、ダンジョンの中で飯を作るとなると、ネットスーパーが使えないだろ。他の冒険者たちの前であんなの使ってみろ、大変なことになるぞ。まぁ、格段に味は落ちるけどネットスーパーを使わない料理でもいいっていうなら別だけど」

味の決め手でもある調味料はほぼネットスーパーで取り寄せてるからね。

『そ、それはダメだぞ！　ダンジョンでも俺は美味いものが食いたい！』

『スイもダンジョンで美味《おい》しいもの食べたいなぁ』

『ドラとスイの言うとおりだ！　味が落ちるのは絶対にいかんぞ。そうだ、他の冒険者に見られるのがまずいのであれば、人目につかないところを探せばよかろう。難関ダンジョンというくらいだ、それなりの広さはあるのだろうからそのような場所いくらでも見つかるだろう』

『フェルの言うとおりだ！　何なら俺がひとっ飛びしてそういう場所見つけてもいいぜ』

グイグイとどんどん顔を近付けて来るフェルとドラちゃん。

いつの間にかフェルの頭の上に乗ったスイからは『あるじー、早くダンジョン行きたいよー』と念話が入って来ているし。

「あーもう分かったよ。明日からダンジョン！　これでいいでしょ」

『うむ、当然だな』

『やったぜ！』

『ダンジョン、ダンジョン！　わ〜い』

フェルは盛大に尻尾をパタパタと動かしているし、ドラちゃんは広い室内をアクロバティックに飛び回り、スイはポンポンと高速で飛び跳ねて喜びを表していた。

『よし、そうと決まれば今日の夕飯は精の付くものを食わせるのだ。そうだ、異世界のものを食わせろ。異世界の食材を食うと強くなれるのだから持って来いではないか』

「はい却下」

『な、何故《なぜ》だ？』

「みんなが食うと強くなり過ぎるからね。特にフェルはいつかみたいに活力が漲《みなぎ》るーとか言って1人でダンジョンに突撃しそうだし」

『アハハ、確かにフェルならしそうだな！』

『笑うな、ドラだってしそうだろうに！　それに最近とみに好戦的なスイだってしそうだぞ』

『違いねぇ。何せ俺ら戦うの好きだもんな！』

『んー？　よく分かんないけど、スイいっぱい戦うよー！』

『ククク、ほらな』

ドラちゃん、ほらなじゃないよ。

ったくもー、みんな好戦的なんだから。

まぁ、でも明日からダンジョンであれば精の付くものってのはあながち間違ってないしな。

難関ダンジョンに挑む前にスタミナを付けておくとしますか。

「まぁ、全部を異世界の食材でってわけにはいかないけど精の付く料理を作るよ」

幸い肉ダンジョンで材料も手に入ったしね。

◇　◇　◇　◇　◇

精の付くもの、要はスタミナ料理だな。

スタミナ料理っていうとこれを思い浮かべる人も多いだろう。

ズバリ、レバニラ炒《いた》め。

肉ダンジョンでダンジョン豚の新鮮なレバーも手に入ったことだし、簡単手軽なスタミナ料理ってことでいいんじゃないかと思うんだ。

何より俺も久しぶりに食いたいっていうのもあるし。

レバニラってしょっちゅう食いたくなるもんじゃないんだけど、ときどき無性に食いたくなるんだよな。

そんなわけでレバニラ炒めを作っていこうと思う。

今までに借りてきたお屋敷の中でもとびきり豪華なキッチンで作るのが超庶民的なレバニラだっていうのがちょっと笑えるけどな。

ともかく、ネットスーパーで材料の調達だ。

ニラ、モヤシ、それからチューブ入りのおろしショウガとおろしニンニク（今回は手間を省くためにチューブ入りを使うことにした）にオイスターソース、顆粒《かりゅう》の鶏《とり》がらスープの素。

あとはレバーの臭み取りに使う牛乳だ。

こんなもんで、あとの調味料類は手持ちのものがあるから大丈夫だな。

材料がそろったら早速調理開始だ。

「まずは、レバーの下処理からだ」

ダンジョン豚のレバーの筋を取り除いて血を水で洗って一口大のそぎ切りにする。

それからレバーの血の塊を洗い流して臭みを抜くために、牛乳に15分から20分程度漬けておく。

その間にニラを5センチくらいの長さに切って、レバーの下味に使う合わせ調味料と炒めるときに使う合わせ調味料を作っておく。

下味に使う合わせ調味料は酒と醤油《しょうゆ》とおろしショウガとおろしニンニクを、炒めるときに使う合わせ調味料はオイスターソース、醤油、砂糖、鶏がらスープの素を混ぜ合わせたものだ。

炒めるときには味が絡むように水溶き片栗粉《かたくりこ》も使うのが俺流だからそれも用意しておく。

牛乳に漬けたレバーの臭み抜きが終わったらさっと水洗いしてキッチンペーパーでレバーの水気を拭きとって、下味用の合わせ調味料をかけて軽く揉《も》み込んで5分ほど漬け込む。

レバーに下味が付いたところで片栗粉をまぶして、フライパンに多めのゴマ油を熱したところに投入し両面こんがり焼いていく。

レバーをいったんフライパンから取り出したら、キッチンペーパーで軽く油を拭いて再びゴマ油を引いてニラともやしを炒めてある程度火が通ったところでレバーを戻し入れて、炒め用の合わせ調味料を入れて全体を炒め合わせたら最後に水溶き片栗粉を入れて軽くトロミが出たら完成だ。

「よし、できた。何とも食欲をそそる香りだな。これには白飯がよく合うから、フェルたちには白飯の上にレバニラ炒めを載せて丼にして出してやるか」

『よし、早くよこせ』

『そうそう、早く早く！』

『ごはん、ごはん～』

みんな待ちきれなくてキッチンまで出張って来てました。

「あーもう、もう出来上がったからリビングで待っててよ。すぐに持っていくから」

そう言うと渋々ながらリビングに引き返していくフェルとドラちゃんとスイ。

急いで飯の用意をしてフェルたちの下へと持っていった。

「スタミナの付くレバニラ炒めだ。これは白飯によく合うからな、白飯の上に盛って丼にしてみたぞ」

『レバニラ？　美味そうな匂いの正体がこれか？』

ちょっとちょっと、レバニラを見て何不服そうにしてんのフェルは。

『匂いはいいけどよ、これ肉なのか？』

ドラちゃんも胡乱《うろん》げな目で見ないの。

スイはというと、ちょっとだけ味見ってな感じでレバニラを少しだけ取り込んでいた。

『美味しい！　これ、美味しいよー！』

うんうん、そうだろう。

食ったスイは分かってくれたようで、どんどん食っている。

「ほら、スイが美味いって言ってるじゃん。ドラちゃんが肉か?って聞いたけど、肉だぞ。ダンジョン豚の内臓肉だ。レバー、肝臓の部分だな。栄養満点のスタミナ料理なんだぞ」

『内臓か。内臓肉の美味さはお主の料理で分かっているからいいが、これは野菜が多く入っているようだが?』

「レバニラだからね。レバニラにはニラとモヤシは欠かせないもんなの」

『しかしな……』

野菜が多いことに不満顔のフェル。

野菜嫌いなのは分かるけど、食えないわけじゃないんだから食いなさいって。

『フェル、これ案外イケるぜ。この味付けがいいわ。こいつの言うとおり、米に合うぞ』

いつの間にかガツガツ食い始めていたドラちゃんから援護射撃が。

『あるじー、おかわりー!　あのね、フェルおじちゃんこれ美味しいよ～』

スイからもおかわりのついでとばかりの援護射撃。

『むぅ』

「むぅ、じゃなくて。とにかく食ってみろって。野菜入りの料理だって、今まで不味《まず》くて食えないなんてもの出してないんだから、当然これだって不味くないぞ」

そう言うと渋々という感じで口をつけた。

最初はモソモソとちょっとずつだったのが、だんだんガツガツと頬張るフェル。

そして『ま、まぁ、悪くはないな。内臓肉がもっと入っていた方が我の好みだがな』なんてシレッと言ってるし。

そんなフェルに苦笑いしつつ、俺もレバニラ炒めを味わうことに。

「やっぱレバニラには白飯が合うわぁ」

レバニラ炒めと白飯を交互にかっ込みながらしみじみそう思う。

こうなるとビールが飲みたくなるな。

昔からレバニラにはビールでしょと思っている俺。

そう思いながらレバニラをパクリ。

「少しトロミが付いてるから味が絡んで美味い。いつもの味ではあるんだけど、これが美味いんだよねぇ。あー、やっぱこれにはビールだよ、ビール！」

明日からダンジョンだけど、1本くらいならいいでしょ。

そう思いつつアイテムボックスにストックしてあった冷えた缶ビールを取り出した。

プシュッ、ゴクゴクゴク――。

「はぁ～、美味い！　やっぱレバニラにはビールだな！」

『おい、それは酒か？　明日からダンジョンなのに大丈夫なのだろうな？』

目ざとく見つけたフェルにそんなことを言われる。

「1本だけだから大丈夫大丈夫」

『そう言うのならうるさくは言わんが、明日はダンジョンだからな。そこを忘れるなよ』

「分かってるって」

『ならいい。それよりも、おかわりだ』

『俺も！　これは何かクセになる味だな』

『スイもおかわり～』

「ほらな、レバニラは美味いだろ。いっぱい作ったからどんどん食えよ」

そんな感じでレバニラ炒めを腹いっぱい堪能した俺たちだった。

◇◇◇◇◇

風呂から上がり、リビングでちょっと一休み。

フェルは既に就寝中で、ドラちゃんとスイも風呂上がりにフルーツ牛乳を飲んだあとは明日のダンジョンに備えてすぐに寝てしまった。

「ふぅ、明日からダンジョンか……。まぁ、フェルとドラちゃんとスイもいるし、完全防御のスキルもあるから大丈夫だとは思うけど、やっぱ苦手だよなぁ。魔物を目の前にすると、やっぱ足がすくむし。でもま、みんな楽しみにしてたことだしがんばるしかないな」

飲みかけの缶コーヒーを空にして、さて寝ようかと立ち上がったところで思い出した。

「そういやお供えがあったんだ。まだ1か月は経《た》ってないけど、期限まで1週間もないしな。ダンジョンに入ってるうちに期限過ぎそう……というか、これは過ぎるよな。さすがに1週間以内で地上に戻ってこれるってことはなさそうだし……」

そうは言っても明日にはダンジョンに行くことが決まっている。

さすがに神様たちの1か月分の細かいリクエストに応える時間まではなさそうだ。

考えてとりあえずの緊急措置として、2週間分のお供えをということでお願いすることにした。

ドランやエイヴリングのダンジョンでのことも考えると、ここが難関だったとしても2週間以上かかることはまずないだろうという計算だ。

〝箱舟《アーク》〟の面々からいただいた転移石もあるから、ダメそうなら30階層までからなら地上に戻ることもできるし。

そもそもこの家も2週間しか借りてないから、その期限で帰ってこなきゃならないってのもあるしね。

でだ、2週間分のお供えをするにして、俺の提案としてはこうだ。

2週間以内にダンジョンから戻ってくることができたとしてもそのお供えはそのままにして、戻ってきたときに改めて通常の1か月分のお供えするということ。

これなら神様たちが損することもないし、文句も出ないだろう。

神様たちにとっては割のいい条件になっちゃうけど、今回はしょうがないかな。
さてと、そうと決まればお声掛けするとしますか。

◇　◇　◇　◇　◇

「ええと、みなさん、いらっしゃいますか～」
そう声をかけたとたんに聞こえる騒がしい足音。
『もちろんいるのじゃー！　ケーキッ、どら焼きっ、とにかく甘味を妾《わらわ》にーっ』
『あら？　少し早い気がするのだけど』
『1か月にはちと早いな。でもま、いいんじゃねぇの』
『……アイス』
『ウイスキーッ、ウイスキーじゃー！　ヒャッホウ！』
『待ってたぜ！　ウイスキーの残りがヤバかったから助かった！』
いつものことではあるけど、一声かけてすぐのこの集まり具合。
というか、一部ものすごいテンションの上がり方してる神様がいるし。
神様って案外暇なのか？
『いやね、他はどうかしらないけど、私は案外忙しいのよ』

『嘘吐《うそつ》け。キシャールも暇だろうが』

『ウフフフフ、口を慎みなさい。アグニちゃん』

『おー、コワコワ』

キシャール様、口調は優しいけど声色がなんとも怖いです。

「そういえば、女神様たちの教会に少しだけ寄付させていただきましたよ」

『見てたわよー。いい心がけだわ』

『うむ、よくやったのじゃ！』

『ありがとな！』

『……これからもよろしく』

「でも、女神様たちの教会はありましたけど……」

ヘファイストス様とヴァハグン様の教会はなかったな。

『ヘファイストスとヴァハグンのとこは弱小だからのう～。信徒も少なくて細々と信仰されているのじゃ』

『グッ……。わ、儂《わし》はドワーフどもからは熱狂的に信仰されとるわいっ』

『お、俺の信徒はその大陸じゃなく向こうの大陸に多いんだっ』

『強がりおって。ムハハハハハ』

ニンリル様、ヘファイストス様とヴァハグン様のこと馬鹿にしてるけど、そんな場合じゃないと思いますよ。

何せニンリル様のとこの教会ボロボロでひどい有様でしたから。

『お、お主っ』

あらら、思考を読まれちゃったか。

でも本当のことだし。

『ガハハハハハ、そうじゃ此奴《こやつ》の思っとるとおりじゃ！　教会があってもあんな悲惨なボロ教会じゃあなぁ～』

『アッハッハッ、言えてるな。あんなボロ教会じゃない方がマシだぜ』

『ぐぬぬぬぬぬ、おーぬーしーらぁー』

『ハイハイ、そこまでよ。話が進まないじゃない』

『しかし此奴らがっ』

『先にニンリルちゃんがからかったのが悪いんじゃない』

『うぬぬぬぬ』

『うぬぬじゃないの。そんなことより、あなたが少し早めに私たちに声をかけてきたってことは理由があるんでしょ？』

おお、さすがキシャール様。

分かってらっしゃる。

「えーと、実はですね……」

こちらの事情ではあるが、神様たちに2週間分のお供えについての説明をしていった。

『なるほどね。私はいいわよ。私たちの損にはならないもの』

『妾もそれでいい！　それより早く妾に甘味を！　ケーキとどら焼きなのじゃー！』

『ニンリル、お前うるさいぞ。俺もそれでいいぜ。最長でもお前らがダンジョンにいるのは2週間ってことだろ。それより前に戻ってくりゃ、その分は丸々俺らの得になるだけなんだから、断る理由もないしな』

『……私もそれでいい』

『儂はウイスキーが手に入りさえすれば文句ないぞい』

『だな。アグニの言うとおり、俺たちに損はないしよ』

よしと、みなさんの承諾は得られた。

「それじゃあリクエストを聞いていきますね。手早くお願いしますね。明日からダンジョンなので、それに備えて早めに休みたいので」

『そうね。ダンジョンではがんばってもらわないといけないんだから。次のテナントがかかってるんですもの。そういうことだから、ニンリルちゃんからさっさと伝えなさい』

『何がさっさとじゃ。勝手に仕切るでない』

『じゃあニンリルちゃんは後回しでいいのかしら？』

『な、なんでそうなるのじゃっ。伝えないとは言ってないぞ！　妾が最初じゃ！』

『もう、ならさっさと伝えなさいよ』

『ぐぬぬぬぬ』

何がぐぬぬぬですか。

手早くって言ってるのに。

「ニンリル様、早くお願いします。それともお供えはいらないですか？」

『ぬぉぉぉぉっ、いるに決まってるのじゃ！　妾が欲しいのはもちろん甘味っ、ケーキとどら焼きじゃ！　１週間前に最後のどら焼きを食べてから異世界の甘味を口にしてないのじゃー。早くっ、早く妾にケーキとどら焼きをぉぉぉぉっ』

ニンリル様、１週間前に最後のどら焼きって……。

あんなにたくさんケーキもどら焼きも渡したじゃないよ。

ニンリル様はやっぱりニンリル様だね。

不三家のページを開いて、手早くケーキとどら焼きをカートに入れていく。

ニンリル様にケーキについては限定ものがあればそれをと強い希望があったので、それを中心に選んだ。

ちょうど国産フルーツフェアをやっていたので、そのフェア限定のケーキを。

メロンのプレミアムロールケーキにショートケーキ、パイナップルのシフォン、甘夏のタルト等々。

いつものように段ボールに入ったそれをお渡しした途端、ニンリル様が奇声を上げるとドタドタと足音を立ててどこかに行ってしまった。

残念女神《ニンリル様》ェ……。

『ニンリルちゃん……』

キシャール様のちょっと呆《あき》れた感じの声。

「えーと、ニンリル様は？」

『あなたからのお供えを抱えて自分の宮に帰ったわ。まったく、しょうがないわね。気を取り直して、次は私よ。私のリクエストは……』

キシャール様のリクエストは、当然美容製品でよく使う化粧水とクリームを。

他は入浴剤とボディソープとシャンプー&トリートメントを数種類。

前に俺がその日の気分によって使い分けるのもいいとすすめたんだけど、やってみると異世界製のシャンプーやらはどれも香りがいいから、その日の気分によってどれを使おうかって考えるだけでテンション上がるんだって。

だから、もう少し種類が欲しいらしい。

今はボディソープとシャンプー&トリートメントも3種類ずつ置いてるらしいけど、5種類くらいに増やしたいそうだ。

確かにその日の気分によってその使い分けをすすめたのは俺だけど、5種類ずつ置くのは多いと思うよキシャール様。

とは言っても、リクエストはリクエスト。

最近は植物由来《ボタニカル》が流行《はや》りらしく、その新商品を購入。

今まではローズやフローラル系の香りが多かったから、ボタニカルなハーブ系の香りのものもたまにはいいだろう。

キシャール様のリクエストの品をお渡しすると、『ありがとね。テナント期待してるわよ』と一言添えて去っていった。

そんなに期待されてもドラッグストアのテナントが出るとは限らないって伝えてますよね……。

キシャール様の美へのあくなき執念がそこはかとなく伝わってきてちょっと怖いです。

『次は俺だな。もちろんビールを頼む』

アグニ様はブレずにいつものとおりビールだ。

アグニ様の定番とも言っていいS社のプレミアムなビールとYビスビール、S社の黒いラベルのビールを箱買いする。

残りは6本パックをいくつか適当にみつくろってお渡しする。

『ありがとよ！　さぁて帰って冷えたビール飲むぜー！　おっと、ダンジョンがんばれよ～』

フェルたちの足手まといにならないくらいにはがんばりたいです。

『……アイス。それとニンリルと同じ限定ケーキ』

ルカ様ですね、はい。

バニラアイスが好みのようなので、バニラアイスを中心にカートへ。

不三家の小さいカップのものからネットスーパーで売ってるファミリーサイズの大きいものまで各種取《と》り揃《そろ》える。

あとはニンリル様と同じ不三家の限定ケーキを添えてお送りすると、『……ありがと』と小さな声が聞こえた。

基本無口なルカ様からお礼を言われるとほんわかするね。

『よし、最後は儂らじゃ』

『俺たちのは合わせて頼むぜ』

ヘファイストス様とヴァハグン様のお2人は、共同でリクエストをとのことだった。

いつもの国産の世界一にもなったウィスキーはとりあえず今回は1本、その他はなるべく今までに飲んだことがないウイスキーで、かつ量を多めにということだった。

なので、リカーショップタナカのランキングにあった手ごろな値段のウイスキーを片っ端からカートに入れていく。

まず最初に目についたのは、世界市場でシェアの約4割を占めるバーボンウイスキーだ。

それだけのシェアがあるというだけあって、お安めな値段。

味の方も評判上々で、コーン由来のまろやかな口当たりが特徴で非常に飲みやすく毎日の晩酌にはもってこいとのことだ。

そして次が、代々受け継がれてきたこだわりの製法で作られているのに低価格なアイリッシュウイスキー。

香りも良く滑らかな口当たりで、こちらも飲みやすいウイスキーとのこと。

お次は国産ウイスキー第1号だというウイスキー。

古くからあるというだけあって根強いファンがいるが、すっきりした飲み口で新たなファンも獲得しているという。

他にも金貨2枚以内を目安にどんどん選んでいった。

前に渡したのとダブっているものも何本かあるけど、なるべくという話だったから大丈夫だろう。

選んだウイスキーをお渡しすると、ヘファイストス様とヴァハグン様は礼を言うと早々に『今日は飲み明かすぞ！』と意気揚々と去っていった。

「ふ〜、なんとか終わったな。最後はデミウルゴス様へのお供え物だ」

デミウルゴス様へは旅の途中も忘れずにお供えしていたぞ。

何せこの世界の創造神様だからね。

それにうるさいことも言わないし、俺が贈ったものは何でも喜んでくれるから贈りがいがあるというかね。

ちょっと前にお供えした梅酒を相当気に入ってくれたらしくて、遠慮がちに『できれば梅酒を』という話があって、最近はいつもの日本酒とつまみに加えて梅酒も何本か贈るようにしている。

実のところは、デミウルゴス様が気に入ったのもあるけど、従者にお裾分けでちょっと飲ませたらえらくハマって、梅酒をエサにするとものすごい働きをしてくれるってお茶目な感じで話してくれたけどね。

そして今日選んだのは、日本酒の方は日本酒コンテスト金賞受賞酒の飲み比べ3本セットと、梅酒の方は欠かせないのが従者さんが特に気に入っているという国産青梅のほかブランデー、蜂蜜、黒糖を使った重厚な味わいでとろりとした喉越しの梅酒だ。

そのほかの梅酒は、梅酒のランキング上位にあった梅の実のほかに梅ジャムを使った濃厚な味わいが特徴の梅酒と芋焼酎がベースの梅酒で梅の酸味と芋焼酎の旨味《うまみ》が見事に調和した梅酒を選んでみた。

あとはいつものおつまみ、プレミアムな缶つま各種。

準備ができたところで……。

「デミウルゴス様、どうぞお納めください」

『おお～、いつもすまんのう。……むむ、梅酒をもらっているから日本酒はいいとこの前も言ったではないか』

「いえいえ、デミウルゴス様には何だかんだでお世話になってますし、これくらいのことはお気になさらず」

『そうか、悪いのう』

「フフ、それに梅酒があれば従者さんもよく働いてくれるんですよね？」

『それは間違いないのう。彼奴《あやつ》、普段ならブチブチ文句を垂れる仕事もこの梅酒をチラつかせると途端にいい働きをしよる。ふぉっ、ふぉっ、ふぉっ』

「そうだ、明日からダンジョンに潜ることになるので、次回のお供えが遅れてしまったらすみません。なるだけ遅れないようにはしますので」

『そんなこと気にするでない、気にするでない。それよりもじゃな、お主が潜るダンジョンはブリクストのダンジョンじゃったな？』

「はい、そうですけど」

『やはりそうじゃったか……』

「ん？　何かあるんですか？」

『いやなぁ、大人しくしとるものだからすっかり忘れておったんじゃが、そこのダンジョンの最下層にいつの間にか住んでいたというか寝床にしてるやつがおってのう』

「え？　ダンジョンの最下層をですか？」

『まぁ、お主らなら大丈夫じゃと思うが、ダメなときは儂に一声かけてくれたらいいぞい。それじゃあな』

「え？　え？　ダメなときって、デミウルゴス様に声かけなきゃいけない相手がいるってことですか？　それダメなやつですよね？　いったい何がいるんですか？…………ちょっと、デミウルゴス様ぁぁぁぁっ」

番外編　新茶の季節がやってきた！

久しぶりの休日の午後。

リビングでのくつろぎの時間。

フェル、ドラちゃん、スイの食いしん坊トリオは、昼飯をたっぷり食ってお昼寝中だ。

俺はと言うと、みんなが寝静まった静かな時間をお気に入りのコーヒーを飲みながらゆっくり過ごそうかなと思っていた。

アイテムボックスから最近お気に入りのマイルドな味わいのブレンドコーヒーのドリップバッグを取り出した。

「ありゃ、これで最後か」

最後のドリップバッグを開けてお気に入りのマグカップにセットしてお湯を注いだ。

「いい香りだ……」

コーヒーの香りがフワッと立ち昇る。

香り高い淹《い》れたてのコーヒーを一口すする。

「うん、美味《うま》い」

コーヒーを楽しみつつネットスーパーを開いた。

「ん？　またなんかやってるな……」

画面を見ると、〝新茶の季節がやってきた！　緑茶フェア開催中!!〟という文字が躍っていた。

「ほぅほぅ。新茶の季節か。たまには緑茶もいいかも」

ここのところコーヒーと紅茶を飲むことが多い。

緑茶も嫌いではないし、たまにはいいかもしれないと考える俺。

画面を見ていたら、久しぶりに緑茶が飲みたくなった。

ということで、緑茶フェアを覗《のぞ》いてみることにした。

「やっぱりお茶と言えば静岡かなぁ」

お茶の産地として有名な静岡産の新茶をポチリ。

「へ～、緑茶フェアっていうだけあって、お茶っ葉だけじゃなく抹茶や抹茶スイーツなんかもあるのか」

というか、そっちがメインというくらいに抹茶スイーツの種類が豊富だな。

まぁ、抹茶スイーツ人気だもんねぇ。

かくいう俺も嫌いではない。

甘さの中に感じる抹茶のほのかな苦みがたまらないんだよね～。

それにあの鮮やかな緑色が見た目にもキレイだし。

「俺のおやつ用にいくつか買おうかな」

抹茶クッキーに抹茶チョコレート、抹茶カステラに抹茶ロールケーキ、それから抹茶プリンに抹茶チーズケーキ、抹茶バームクーヘンに抹茶シフォンケーキ、抹茶シュークリームに抹茶生大福。

ほかにもいろいろな抹茶スイーツが並んでいた。

こんなにも抹茶を使ったスイーツってあるんだなぁ。

作り手に感心してしまう。

「しかし、これだけあるとさすがに迷うな」

ネットスーパーの画面を見つつ悩んでいると……。

『我はこれがいいぞ』

画面の抹茶ロールケーキを指す白い毛におおわれた前足。

隣を見ると、パッチリと目を開けたフェルがお座りしながらネットスーパーの画面を見ていた。

昼寝してたんじゃないのかよ。

いつの間に起きたんだ？

『それから、これとこれも美味そうだ』

そう言いながら抹茶シフォンケーキと抹茶バームクーヘンを指すフェル。

「………お前、食い物のこととなると、本当に逃さないね」

『当然だろう』

フェル、それドヤ顔で言うことじゃないからな。

『俺はな～、やっぱりこれだな。いつもと色が違うけど、これ、プリンだろ？　プリンだよな？』

羽をパタパタして飛びながら、鮮やかな緑色をした抹茶プリンを小さな前足で指すのはドラちゃんだ。

お前も起きてたのか……。

まぁ、フェルがいる時点でお察しだけど。

「あー、はいはい、それはプリンだよ。抹茶プリン」

『やっぱりそうか！　ならプリン好きの俺としてはこれだな！』

好きなものを逃さないそのスタイル、うちの従魔では当然なんだろうかね……。

『それからなぁ、これ！　あと、これも！』

そう言って、抹茶シュークリームと抹茶イチゴ大福を指すドラちゃん。

というか、当然自分たちも食えると思って要求してくるんだもんな。お前ら。

『スイはねぇ～、えーと……、全部！　スイ、全部食べてみたい～！』

そう言いながら興奮気味にポンポン飛び跳ねるスイ。

画面の中の緑色の鮮やかな抹茶スイーツを見て、どれにしようか悩んでいたみたいだけど、結局決まらずにそれなら全部だとなったよう。

さすがスイちゃん（苦笑）。

全部と言って、スイならその全部を食えそうなのがまたなんともね。

でもねぇ……。

「さすがに全部は欲張り過ぎかなぁ。３つにしようね、スイ」

『え～。全部がいいのに～』

「でも、フェルおじちゃんもドラちゃんも３つしか言ってないよ。スイだけ全部なの？　ズルくない？」

そう言うと、ポンポン飛び跳ねていたスイがピタッと止まった。

そして、フェルとドラちゃんの顔を見ている。

考えているようにプルプルと震えるスイ。

『ム～、分かった。じゃあ３つにする～』

「そっか」

俺はスイを撫《な》でてやった。

スイもちゃんと考えてるよな。

ちゃんと成長してるよ。

「どれがいい？」

『んーとね～……』

真剣に画面を見るスイ。

ウンウン唸《うな》りながら画面に見入っている。

どれもこれも食ってみたくて悩んでいるんだろうなぁ。

スイ、甘い物大好きだから。

そうしてしばらく真剣に悩んだのち……。

『あるじー』

「ん、決まった？」

『うん、決めたー！』

悩みに悩んでようやく決まったようだ。

『ったく、スイは決めるの遅いっての！　こういうのは第一印象でパッと決めんのが正解なんだよ』

『ドラの言うとおりだ。自分の感覚を信じるのならそれが正解だな。たいがいそれが一番美味いのだ』

「まぁ、そう言うなって」

ドラちゃんとフェルを窘《たしな》める。

スイだって大好きなものだからこそ迷ったんだって。

「スイ、どれにしたんだ？」

『うんとね〜、これとー、これー。あとは、これー！』

スイが悩みに悩んで選んだのは、抹茶ロールケーキと抹茶ミルククレープ、そして抹茶イチゴ大福だった。

「それじゃあ、この抹茶スイーツでおやつにするか」

『わーい！』

◇ ◇ ◇ ◇ ◇

みんな自分で選んだ抹茶スイーツに舌鼓。

『うむ。なかなか美味いではないか』

抹茶のロールケーキを食い満足そうにそう言うフェル。

というか、ロールケーキ1本食うの早すぎだろうが。

抹茶ロールケーキだが、抹茶ロールケーキだけでも数種類あって、その中でフェルの選んだものは個包装がなかったから丸々1本買いになってしまったのだ。

そのフェルが選んだ抹茶ロールケーキは、抹茶スポンジに果肉感たっぷりのイチゴクリームを包んだもの。

見た目にもキレイで美味《おい》しそうな一品だ。

フェルが選んだのも分かる気がするな。

『こちらも、なかなかだ』

抹茶シフォンケーキをガフガフ食って満足気にそういうフェル。

こちらもホール売りしかしてなくてホールで購入した。

……………あれ？

フェルの選んだ抹茶バームクーヘンも個包装なしだったよな。

『ふむ、これもいいな』

米粉《こめこ》を使ったというもっちり食感の抹茶バームクーヘン。

フェルがそれにかぶりつきながらそう言った。

……お前、個包装ナシの狙ったな。

なにが『自分の感覚を信じるのならそれが正解だな。たいがいそれが一番美味いのだ』だよ。

ちゃっかりしてるなぁ～。

そんなフェルに呆《あき》れていると、隣にいたドラちゃんが微妙な顔をしているのに気付いた。

「ドラちゃん、どうした？」

『いやなぁ、このプリン、マズくはないんだけどよ～……。苦いし、草の匂いしねぇ？』

「ブッ」

く、草の匂い……。

い、いや、元は葉っぱだからあながち間違ってはいないのか？

「あー、苦いのはな、その緑色の元の抹茶っていうんだけどな、それが入っているからだな。あと、その抹茶ってのは葉っぱからできてるから」

『そのせいか。……俺は普通のプリンの方が好きかな』

抹茶プリンはドラちゃんのお口には合わなかったようだ。

まぁ、抹茶の苦みが嫌いって人もいるからなぁ。

ドラちゃんが所望していた抹茶シュークリームと抹茶イチゴ大福も、ドラちゃんにとっては微妙だったらしく、これまた微妙な顔をしていたよ。

ま、まぁ、合わなかったんだな。

そういうこともあるよ、ドンマイ。

そしてスイはというと……。

『…………』

甘い物となるといつも大はしゃぎで嬉《うれ》しそうにしているのだが、無言のままスイの選んだロールケーキをモソモソ取り込んでいた。

あちゃ～、スイもドラちゃん同様に微妙な感じなのね……。

スイが選んだロールケーキは、そんなに抹茶を主張させるような感じでもなさそうだったんだけど。

プレーンなスポンジに淡い緑色の抹茶クリームを包んだものだし。

でも、やっぱりドラちゃんと同じく抹茶の苦みがダメなのかな。

スイってば、抹茶クリームを挟んだ抹茶ミルクレープも抹茶イチゴ大福にも微妙な顔してるわ。

「スイ、抹茶のお菓子、美味しくなかった？」

『苦いんだもん。スイ、好きくないかも～』

「そ、そうか」

スイには抹茶風味はまだ早かったかな。

ドラちゃんとスイには口直しとして、コーラを渡した。

『うん、美味いな！』

『おいしい～』

喜んでゴクゴク飲んでいる。

口直しがいらないはずのフェルもゴクゴク飲んでいるけどね。

しかも……。

『おかわりだ』

なんでやねん。

ドラちゃんとスイも『おかわり』っていうから、しょうがないから注いでやったけどね。

ちなみに俺はというと、無難かもしれないけど抹茶カステラをチョイスした。

これを購入したばかりの静岡産の新茶とともにいただいている。

ズズッ――――。

緑茶っていうのはさ、日本人に刻まれた味だね。

やっぱ落ち着くわ。

そして、濃い緑色がキレイな抹茶カステラをパクリ。

うーん、これも美味い。

カステラのふんわりやわらかい甘さの中に光るほんのりとした苦み。

普通のカステラも悪くないけど、あれだと一切れ食ったらもう十分って感じなんだよね。

この抹茶カステラは飽きが来ないというか、また食いたくなる感じ。

やっぱりこの抹茶の苦みがアクセントになってるからなんだろうな。

俺が緑茶と抹茶カステラを楽しんでいると……。

『オッホン……。妾《わらわ》は抹茶すいーつ、嫌いではないんじゃがのう～』

突然に頭の中に響いた聞き覚えのある声。

………………。

来ちゃいましたか、ニンリル様。

甘味大好きなのはわかるけど、お供えはこの間したばかりなんだけどなぁ。

『グッ……。そ、それとこれとは別なのじゃ！　お主らが美味しそうな甘味を食べているのを見たら、我慢できないではないかっ』

いや、そこは我慢してくださいよ。

というか、我慢するべきです。

一応女神様なんですから、そう気軽に下界の者に話かけたらダメだと思うんですよね。

『ぐぬぬ』

「ということで、もう話かけたらダメですからね」

『ちょっ、ちょちょっ、ちょっと待つのじゃ！　えーと、あの～、その～、そうじゃ！　そのいろいろな抹茶すいーつを、お主が自発的に捧《ささ》げてくれるといいんじゃけどなぁ～。そうすれば、妾はとてもとーってもとっても嬉しいんじゃけどなぁ～』

ニンリル様の顔は分からないけれど、こっちをチラチラ見ながらそう言っている姿が目に浮かぶよ。

どんだけ抹茶スイーツ食いたいんだよ。

「いや、だから、この間お供えしたばかりですししませんよ」

ついこの間だよ。

1週間も経《た》ってないし。

いつものごとく大量の甘味をドバッと送ったんだから。

『ク～ッ。だから、それとこれとは別なのじゃ！　あの甘味と抹茶すいーつとでは味が全然違うじゃろうがっ。抹茶すいーつはあのほのかな苦みが良いのではないか！』

いや、力説しないでくださいよ。

『う～、妾も抹茶すいーつが食べたいのじゃー！　食べたいのじゃ、食べたいのじゃ！』

駄々《だだ》こね始めたよ、女神様なのに。

これじゃあデミウルゴス様も苦労されるはずだわ。

「ハァ、じゃあちょっとだけですからね」

『ヤッター！　なのじゃっ！　それなら妾はな……』

その後、散々緑茶フェアの画面を行ったり来たりさせられた挙句に、もっと欲しいと強請《ねだ》られゴネられて結局ニンリル様には5つの抹茶スイーツを送るハメになった。

散々悩んだ挙句に、ニンリル様はフェルと同じ戦法で個包装のない抹茶ロールケーキと抹茶シフォンケーキと抹茶バームクーヘンを選び、その他に大好物のどら焼き（抹茶クリーム入り生どら焼き）と抹茶シュークリームを。

早々にお引き取り願うためにすぐに送ると、ニンリル様は『ありがとなのじゃー』の声と共に去っていったよ。

この世界、あんなのが女神様で本当に大丈夫なのかなって心配になった。

「しかし、疲れたなぁ～」

俺用の保存用おやつとして、いくつか買おうと思ったけど、もういいや。

疲れたし。

その疲れを癒《いや》すように、冷めたお茶を淹れなおしてすする俺だった。

数日後、このことが原因でニンリル様がデミウルゴス様から大目玉を食らったらしいが、それは俺の責任じゃないよね。

あとがき

江口連《えぐちれん》です。「とんでもスキルで異世界放浪メシ　10　ビーフカツ×盗賊王の宝」をお買い上げいただき、本当にありがとうございます！

ついに10巻です！　2桁です、2桁。

オーバーラップ様から出版させていただいた当初は、このシリーズがここまで続刊するとは思ってもみませんでした。

こうしてここまでこられたのも、読んでいただいている読者の皆様のおかげだと本当に感謝しております。

10巻は、過去にこの世界に転移してきた先達の日本人の話が出てきたり、またまた新たなダンジョンへ向けて出発したりします。

作者的には、過去に転移してきた和希《かずき》の話は書いていて楽しかったですし、ダンジョンに行く途中の街の孤児院の話はちょっとほっこりして好きな場面なので、みなさんにも楽しんでいただければ嬉《うれ》しいなと思います。

そして、今回もですが、この書籍10巻と同時に本編コミックス7巻、スイが主役の外伝「スイの大冒険」の5巻が発売されます！

本編コミックス・外伝コミックスともに大好評で、原作者として嬉しい限りです。

本編コミックス・外伝コミックスをまだ読んでいないという方は、とても面白いので是非この機会にご覧になってみてください。

イラストを描いてくださっている雅《まさ》先生、本編コミックを担当してくださっている赤岸《あかぎし》K先生、そして外伝コミックを担当してくださっている双葉《ふたば》もも先生、担当のI様、オーバーラップ社の皆様、本当にありがとうございます。

最後になりましたが、皆様、これからものんびりほのぼのな異世界冒険譚《たん》「とんでもスキルで異世界放浪メシ」のWEB、書籍、コミックともどもよろしくお願いいたします。

11巻で再びお会いできることを切に願っております。

とんでもスキルで異世界放浪メシ 10
ビーフカツ×盗賊王の宝

発行　2021年5月25日　初版第一刷発行
2024年9月30日　第四刷発行
著者　江口 連
イラスト　雅
発行者　永田勝治
発行所　株式会社オーバーラップ
〒141-0031
東京都品川区西五反田8-1-5
校正・DTP　株式会社鷗来堂
印刷・製本　大日本印刷株式会社

ISBN 978-4-86554-915-7 C0093

【オーバーラップ　カスタマーサポート】
電話　03-6219-0850
受付時間　10時～18時（土日祝日をのぞく）

作品のご感想、ファンレターをお待ちしています

あて先：〒141-0031　東京都品川区西五反田8-1-5 五反田光和ビル4階　ライトノベル編集部
「江口 連」先生係／「雅」先生係

スマホ、PCからWEBアンケートにご協力ください

アンケートにご協力いただいた方には、下記スペシャルコンテンツをプレゼントします。
★本書イラストの「無料壁紙」　★毎月10名様に抽選で「図書カード（1000円分）」

公式HPもしくは左記の二次元バーコードまたはURLよりアクセスしてください。
▶ **https://over-lap.co.jp/865549157**
※スマートフォンとPCからのアクセスにのみ対応しております。
※サイトへのアクセスや登録時に発生する通信費等はご負担ください。

オーバーラップノベルス公式HP ▶ **https://over-lap.co.jp/lnv/**